Sonja

Anne Fine

Das Baby-Projekt

Roman

Aus dem Englischen von
Barbara Heller

Diogenes

Titel der 1992 bei Hamish Hamilton in London
erschienenen Originalausgabe: ›Flour Babies‹

Umschlagillustration:
Norman Rockwell, ›Love Letters‹, 1920
(Ausschnitt)

150/95/24/1
ISBN 3 257 06037 8

Ein jegliches hat seine Zeit,
und alles Vorhaben unter dem Himmel
hat seine Stunde.

Der Prediger Salomo 3,1

I

Mr. Cartright ließ die Beine vom Pult baumeln und erhob seine Stimme über die Wogen übellaunigen Gemurmels.

»Wenn ihr diesem Thema jetzt nicht eure volle Aufmerksamkeit widmen könnt – kein Problem«, sagte er zu seiner neuen Klasse. »Es wird mir ein Vergnügen sein, das ganze in der Pause noch einmal zu wiederholen.«

Einige nahmen sich sichtlich zusammen. Aus ein paar Mündern verschwanden Bleistifte, und ein oder zwei der Jungen rissen sich von dem faszinierenden Anblick des Hausmeisters los, der draußen große weiße Zahlen auf die Mülltonnen malte, und wandten die Köpfe wieder nach vorn. Alles in allem aber war das Ergebnis kläglich. Die eine Hälfte der Klasse sah aus, als hätte sie ihr Gehirn zu Hause gelassen, die andere, als hätte sie gar keins.

Die 10c im neuen Schuljahr – eine Katastrophe! Die meisten von ihnen kannte Mr. Cartright bereits zur Genüge: die Miesen und die Fiesen, diejenigen, über die in den letzten paar Jahren im Lehrerzimmer am häufigsten und am lautesten gejammert worden war. Alle halbwegs Normalen (die Riesen wurden sie genannt) waren wie üblich von Mr. King und Mr. Henderson weggeschnappt worden, und Dr. Feltham hatte sich wie immer die Eierköpfe herausgepickt. Bis jetzt war noch niemand ohne Grund in der 10c gelandet.

Der einzige Neue in der Klasse – wie hieß er noch? Martin Simon? – saß ruhig lesend in der letzten Reihe. Mr. Cartrights Stimmung hob sich ein wenig. Das war immerhin etwas: Einer von ihnen konnte lesen. Er hatte schon schlimmere Klassen erlebt.

»Keine Angst«, sagte er, »es wird schon nicht den ganzen Tag dauern. Ich gehe jetzt noch einmal die verschiedenen Möglichkeiten durch, und dann stimmt ihr ab. – Iß deinen Stimmzettel ruhig weiter, George Spalder, einen neuen kriegst du von mir allerdings nicht. – Also, alle mal herhören!«

Er schwenkte sein breites Hinterteil herum und klopfte gegen die Tafel, auf der er fünf Minuten zuvor angeschrieben hatte, welche Möglichkeiten Dr. Feltham für den Beitrag der 10c zur Naturwissenschaftsausstellung der Schule vorgesehen hatte.

TEXTILES GESTALTEN

ERNÄHRUNGSLEHRE

HAUSWIRTSCHAFT

KINDLICHE ENTWICKLUNG

KONSUMFORSCHUNG

Er las sie noch einmal vor, für alle, die Probleme mit dem Lesen hatten.

Ein allgemeines Murren erhob sich über dem Geraschel und Geflüster, dem Füßescharren und dem Knarren der Stühle, die auf zweien ihrer vier Beine gefährlich nach hinten gekippt wurden.

»Das ist ungerecht, Sir!«

»Stinklangweilig!«

»Sowas kann man doch nicht Naturwissenschaft nennen! Das ist Betrug!«

»Bei den meisten weiß man nicht mal, was es sein soll.«

Russ Mould zuliebe las Mr. Cartright die Themen ein weiteres Mal vor und übersetzte auch gleich: Nähen, Lebensmittel, Haushaltsführung, Babys und so weiter, Sparen beim Einkaufen.

Russ Mould war baff, wie immer.

»Span? Wieso Span?«

Mr. Cartright zog es vor, die Frage zu überhören.

»Du lieber Himmel«, rief er, »jetzt reißt euch mal zusammen! Ich weiß ja, daß die Reizschwelle für Langeweile bei den meisten von euch nicht höher liegt als bei einer hirngeschädigten Mücke, aber eins von diesen Themen muß euch doch mehr interessieren als die anderen. Das schreibt ihr jetzt auf euren Zettel, egal welches. Und bitte versuch die Buchstaben halbwegs in die richtige Reihenfolge zu kriegen, Russ Mould, damit ich's lesen kann. Ich komm' jetzt und sammle die Zettel ein.«

Eine neue Protestwelle schlug ihm entgegen.

»Bescheuert!«

»Die wollen uns bloß fertigmachen ...«

»Nähen! Haushaltsführung!«

»Verzeihung, möchten Sie nicht sehen, wie schön wir

unsere Knöpfe angenäht haben? Tisch 14 in der Naturwissenschaftsausstellung.«

»Das ist ja hochinteressant!«

»Wetten, Sie haben noch nie einen angenähten Knopf gesehen?«

»Wieso sollen wir Sachen machen, die *jeder* kann?«

»Span!«

Es war Sajid Mahmoud, der die allgemeine Unzufriedenheit auf den Punkt brachte.

»Das ist unfair. Das ist doch alles gar keine richtige Naturwissenschaft. Keins davon. Warum machen wir nicht das mit den explodierenden Puddingdosen?«

Im nächsten Augenblick war es, als hätte man die ganze Klasse aus einem Käfig herausgelassen.

»Ja! Das war toll!«

»Genial!«

»Hoopers Bruder hätt's fast die Hand weggerissen.«

»Und Chop hat 'ne Augenbraue verloren.«

»Und die ist dann ganz anders wieder nachgewachsen.«

Rick Tullis lehnte sich so weit über sein Pult, daß es umzukippen drohte.

»Oder wie wär's mit Seifemachen?«

»Ja! Die Seifenfabrik!«

»Fuller hat sein Seifenstück aufgegessen, als Mutprobe!«

»*Achtmal* hat er gekotzt!«

»Zum Piepen war das!«

»Den hätten Sie mal sehen sollen. Weiß wie 'ne Made!«

Auf dieses Stichwort hin brach ein neuer Tumult los. Philip Brewster machte den Anfang.

»Maden! Au ja!«

»Die Madenfarm!«

»Ja! Warum machen wir nicht das mit der Madenfarm?«

»Das gab's letztes Jahr schon. Und das Jahr davor auch.«

»Meine Mum konnte gar nicht *hinschauen,* so hat sie's gegraust.«

»Fletcher, dieser Schlägertyp, der sollte die Farm managen.«

»Am Schluß hatte er die Maden praktisch *dressiert!*«

Mr. Cartright schüttelte den Kopf. Es betrübte ihn, Begeisterung dämpfen zu müssen, in welchem pädagogischen Bereich auch immer. Aber man mußte nun einmal auf dem Boden der Tatsachen bleiben, besonders an einer Schule.

»Darf ich deine Privatgespräche kurz unterbrechen, Sajid, und dich fragen, ob du zufällig die Physikprüfung am Ende des letzten Schuljahres bestanden hast?«

Sajid machte ein bitterböses Gesicht.

»Nein, Sir, hab' ich nicht.«

»Und du Rick? Hast du Chemie bestanden?«

Rick Tullis lachte. Und mit ihm alle, die im letzten Schuljahr ebenfalls Chemie gemacht hatten.

Mr. Cartright wandte sich an Philip, der in Gedanken an die Madenfarm noch immer mit leuchtenden Augen dasaß.

»Philip? Wie steht's mit Biologie?«

Philips Gesicht verdüsterte sich.

»Bin gar nicht erst hin, Sir. Hoffnungsloser Fall.«

Mr. Cartright seufzte.

»Tja, damit ist ja wohl klar, wo das Problem liegt. Tut mir leid, Jungs. Niemand landet durch Zufall in der 10c.«

Da meldete sich in der letzten Reihe plötzlich Martin Simon, der Neue, erstmals zu Wort.

»Ich schon, Sir.«

Doch Mr. Cartright war jetzt richtig in Fahrt und ignorierte den Einwurf.

»Und das erklärt auch, warum diese Klasse die Sache mit den explodierenden Puddingdosen bedauerlicherweise nicht übernehmen kann. In Ermangelung restlosen Vertrauens in eure Fähigkeiten und euer Engagement hat Dr. Feltham uns nur angenehme, ungefährliche und einfache Projekte anvertraut. Die explodierenden Puddingdosen bleiben denen vorbehalten, die am Ende des letzten Schuljahres die Physikprüfung bestanden haben.«

Sein Blick wanderte über achtzehn mißmutige Gesichter und ein ziemlich verwirrtes.

»Hat überhaupt jemand von euch Physik bestanden?«

Der Neue hob die Hand. Sonst rührte sich niemand. Und da Martin Simon in der letzten Reihe praktisch in niemandes Blickfeld saß, zog Mr. Cartright es vor, sich die Dramatik der Situation nicht durch diese eine schlenkernde Hand schmälern zu lassen.

»Hat jemand Chemie bestanden?«

Wieder fuhr Martin Simons Hand hoch, nur um von Mr. Cartright völlig ignoriert zu werden. Sonst tat sich nicht viel.

»Lebwohl, Seifenfabrik«, sagte Mr. Cartright. »Und wie war das noch mal mit Biologie? Hat da jemand Glück gehabt?«

Martin Simon hob den Arm, ein einsam schwankendes Rohr über dem Treibsand der intellektuellen Hoffnungen der übrigen 10c. Zum dritten Mal tat Mr. Cartright so, als sähe er ihn nicht.

»Also«, sagte er knapp, »die Madenfarm können wir auch vergessen.«

Er breitete die riesigen, kreideverschmierten Hände aus.

»Sagt nur nicht, ihr wärt nicht gewarnt worden«, fuhr er fort. »Ich hol' mir schließlich meinen Kaffee im Lehrerzimmer. Und ich habe Ohren. Mr. Spencer, Mr. Harris, Mr. Dupasque, Miss Arnott. Sie alle haben's gesagt, und nicht nur einmal. ›Ich hab' sie hundertmal gewarnt‹, haben sie gesagt. ›Wenn sie sich nicht ein bißchen mehr anstrengen, landen sie in der 10c.‹ Tja, und da seid ihr nun.«

»Man kann doch nichts dafür, wenn man dumm ist«, erklärte George Spalder.

»Wenn ihr wirklich dumm genug für die 10c wärt, dann müßtet ihr am Tropf hängen«, sagte Mr. Cartright scharf.

»Was tun wir dann hier?«

Mr. Cartright wurde biblisch.

»Ihr erntet, was ihr gesäet habt. Apropos säen, gebt jetzt bitte eure Stimme ab. Also, was soll's sein? Textiles Gestalten, Ernährungslehre, Hauswirtschaft, kindliche Entwicklung oder Konsumforschung?«

»Ich nehm' überhaupt nichts davon«, sagte Gwyn Philips. »Das ist alles blöd.«

Da er mit diesem Standpunkt insgeheim sympathisierte, schwieg Mr. Cartright. Doch als George Spalder hinzufügte: »Mädchenkram ist das, weiter nichts!«, fühlte er sich verpflichtet, die 10c zu korrigieren.

»Jetzt macht euch mal nicht lächerlich. Während ihr hier sitzt und mault, stellen Mädchen überall im Land Seife her, züchten Maden und lassen Puddingdosen explodieren. Sie lernen Chemie, Biologie und Physik. Dem Sieger die Beute. Und sie bestehen Prüfungen.«

Der ganzen Sache plötzlich überdrüssig, begann er, zwischen den Pultreihen auf und ab zu wandern und die Jungen zur Stimmabgabe anzutreiben. »Nun mach schon, Robin Foster. Los, Tempo, Rick, bei dir kommt's doch nun wirklich nicht drauf an. Miss Arnott sagt, du läßt dich sowieso fast nie hier blicken. Danke, Tariq. Da, schaut euch Tariq an. Nehmt euch ein Beispiel an ihm. Er hat sein Votum abgegeben. Er hat es aufgeschrieben, nicht gerade fein säuberlich, aber doch deutlich genug, daß man's lesen kann. Und jetzt hat er seinen Stimmzettel in meine Dose geworfen. Danke, Tariq. Vielen Dank. Danke, Henry. Nicht nötig, daß du ihn reinschnipst. Danke, Russ. Danke. Danke, Martin, ich hoffe, es wird dir gefallen bei –«

Mr. Cartright brach ab. Der Neue hörte offenkundig überhaupt nicht zu. Als Mr. Cartrights Schatten über sein Pult fiel, hatte er nur für einen Augenblick den Zeigefinger der rechten Hand aus dem rechten Ohr gezogen, nach seinem sauber geschriebenen Stimmzettel gegriffen und ihn in die Plastikdose fallen lassen, alles, ohne auch nur von seinem Buch aufzublicken.

Mr. Cartright stand vor einem Rätsel. Behutsam nahm er Martin Simon die Finger aus den Ohren und fragte ihn: »Was machst du denn da?«

Jetzt war auch der Junge verwirrt.

»Ich lese, Sir.«

»Du liest? Was liest du denn?«

»Baudelaire.«

Mr. Cartrights Augen weiteten sich.

»Baudelaire?«

Er warf einen raschen Blick in die Runde und hoffte einen einzigen vermessenen Augenblick lang, niemand von den anderen hätte das kurze Gespräch gehört. Doch weit gefehlt. Sie saßen alle mit gespitzten Ohren da.

»Auf französisch oder auf englisch?« fragte Mr. Cartright, weil er glaubte, ein Scherz würde die Spannung lösen.

Martin Simon errötete. Mr. Cartright drehte das Buch zu sich herum.

»Auf französisch!«

»Tut mir leid«, sagte Martin Simon mechanisch.

Mr. Cartright seufzte.

»Mir auch, Junge. Mir auch.«

Eine Pause trat ein. Dann sagte Mr. Cartright: »Und? Worauf wartest du noch? Pack deine Tasche, und ab mit dir.«

Martin Simon blickte erstaunt auf.

»Wohin denn, Sir?«

»Irgendwohin. Einer wie du kann sich das ja wohl aussuchen. Du könntest es mal bei Mr. King probieren. Oder bei Mr. Henderson. Ich wette, die wären beide froh, dich in der Klasse zu haben.«

»Aber wieso denn?«

Mr. Cartright pflanzte sein enormes Hinterteil freundschaftlich auf Martin Simons Pult. Für einen intelligenten Jungen, dachte er, stellt er sich nicht gerade übermäßig schlau an.

»Die Sache ist die«, sagte er. »Hier kannst du nicht bleiben. Denn erstens kannst du lesen. Schon deshalb bist du hier völlig fehl am Platz. Und dann gibt es da noch ein zweites Problem. Du liest Französisch.«

Er hob die Hand und beschrieb einen vagen Kreis, um die anderen mit einzubeziehen, die nur dasaßen und die beiden anstarrten.

»Wir werden zwar jede Menge Idiome in diesem Klassenzimmer hören«, erklärte er. »Von mir zum Beispiel, wenn ich wütend bin. Und dann ist da das bunte Patois der Siedlung hier, mit dem wir uns herumzuschlagen haben. Und Tariq flucht, wie mir zu Ohren gekommen ist, in drei verschiedenen indischen Dialekten. Aber Französisch spricht hier keiner.«

Er rückte sein Hinterteil zurecht.

»Nein«, sagte er. »Ich fürchte, du mußt gehen.« Da kam ihm ein Gedanke.

»Mit den ganzen Naturwissenschaftsprüfungen, die du bestanden hast, könntest du's auch bei Dr. Feltham probieren. Vielleicht nimmt er dich.«

Endlich schien bei Simon Martin der Groschen zu fallen. Er stand auf und begann die wenigen Habseligkeiten, die er aus seiner Schultasche genommen hatte, wieder einzupacken.

Mr. Cartright bemerkte den bedauernden Gesichtsausdruck des Jungen.

»Mir tut's auch leid, Junge«, sagte er. »Aber glaub mir,

es ist besser so. Hier würdest du nicht reinpassen. Da ist irgendwas schiefgelaufen.«

Martin Simon nickte.

»Frag mal im Sekretariat nach«, riet Mr. Cartright ihm, während er ihn zur Tür begleitete. »Sag ihnen, sie hätten da was falsch gemacht, hier könntest du nicht bleiben. Ich kann dich nicht nehmen. Hier gehörst du nicht rein.«

Und er schickte ihn auf den langen Weg den grünen Korridor hinab.

»Wiedersehen, Junge«, rief er ihm wehmütig nach. »Viel Glück!«

Er schloß die Tür und wandte sich mit einem Ausdruck eiserner Entschlossenheit dem Rest der Klasse zu.

»So!« sagte er. »Tu den Schal weg, Sajid. Was ißt du da, Luis Pereira? Spuck's in den Papierkorb. Was uns das jetzt Zeit gekostet hat! Aber bis zum Läuten krieg' ich die Sache hin, das sag' ich euch.«

Mit jeder anderen Klasse hätte er es vielleicht tatsächlich geschafft. Aber da zwei der Jungen, die er zum Auszählen bestimmt hatte, nicht besonders gut im Zählen waren und da durch ständige Kritik am Zählverfahren immer neue Verzögerungen eintraten (»Ricks Stimme können Sie nicht mitzählen, Sir! Der ist doch nie da!«), blieb nicht genug Zeit, die Sache ordnungsgemäß durchzuführen. Noch bevor die dritte Zählung beendet war, lagen Robin Foster und Wayne Driscoll bereits mit ihren hocherhobenen imaginären Stoppuhren auf der Lauer und schürzten die Lippen um ihre nicht existierenden Trillerpfeifen.

Nur noch wenige Minuten ...

Mr. Cartright schob seine massige Gestalt vom Pult und richtete sich auf. Nicht umsonst wurde er hinter seinem Rücken Old Carthorse, das alte Zugpferd, genannt.

»Ruhe!« brüllte er und durchschnitt mit seiner Stimme sämtliche Lärmschichten auf einmal. »Schluß jetzt! Es reicht! Gleich klingelt's, und wir werden das hier unter Dach und Fach bringen, so oder so. Ich warne euch: Der nächste, der in diesem Raum irgendein Geräusch macht – egal welches –, der greift in die Dose hier und zieht einen Zettel, und was darauf steht, wird gemacht.«

Schlagartig trat absolute Stille ein. Sie waren zwar keine Überflieger, aber jeder einzelne von ihnen war immerhin so schlau, daß er sich nicht gerade für die Vorstellung erwärmen konnte, drei Wochen lang für alle anderen den Sündenbock zu spielen, weil sie an einem Projekt arbeiten mußten, das Dr. Feltham grausam ersonnen hatte, um die verborgenen Reize von Tätigkeiten wie Nähen, Kochen oder Haushaltsführung zutage zu fördern.

Niemand, so schien es, wagte zu atmen. Mr. Cartright vernahm sogar das Zwitschern eines Vogels draußen auf der Regenrinne.

Dann, ohne Vorwarnung, brach der Bann.

Plötzlich ertönte ein ohrenbetäubendes Krachen gegen die Außenseite der Tür. Der Türknauf klapperte, die Tür bebte.

Herein stapfte ein unbeholfener junger Riese.

Dröhnendes Beifallsgebrüll begrüßte den Neuankömmling.

»Hi, du Blödmann!«

»Den letzten beißen die Hunde!«

»Sime! Ich hab' dir 'nen Platz reserviert!«

»Na, hast uns doch noch gefunden, du Pflaume!«

»Totale Mattscheibe, was, Simon Martin!«

Simon Martin ... Martin Simon ... Natürlich!

Mr. Cartright hievte sich wieder in seine gewohnte Sitzposition auf dem Pult. Das also war die Erklärung. So einfach. Ein reines Versehen.

Martin Simon ... Simon Martin ...

Er ließ den Wogen der Erregung noch eine Weile ihren Lauf.

»Wo *warst* du denn, Sime?«

»Bin woanders gelandet«, erklärte der Neuankömmling stolz. »Bei Dr. Feltham.«

»Bei Dr. Feltham!«

Erneut brandete tosendes Gelächter auf, und sogar Mr. Cartright mußte lächeln, als er sich diesen strammen, riesigen, des Denkens unfähigen Burschen inmitten von Dr. Felthams Eierköpfen vorstellte.

»Ich sag' ihm, ich gehör' da nicht rein. Glaubt ihr vielleicht, der hört zu? Von wegen! Erst als endlich dieser Streber da gekommen ist und mich gerettet hat. Und nicht mal da –«

Um abzuwürgen, was ganz offensichtlich in eine längere Schimpftirade ausarten sollte, hielt Mr. Cartright seinem nagelneuen Schüler die Plastikdose mit den Stimmzetteln hin.

»Zieh einen«, sagte er.

Der Ausdruck tiefer Verstimmung auf Simons Gesicht verwandelte sich in einen Ausdruck noch tieferen Mißtrauens.

»Was'n das?«

»Los, zieh einen.« Mr. Cartright verschärfte seinen Ton zum Befehl. »Jetzt mach schon!«

Simon griff hinein und zog den Zettel heraus, der am saubersten geschrieben war.

»Was steht drauf?«

Der Junge starrte ein paar Augenblicke lang auf das Papier. Seine dicken Raupenaugenbrauen kräuselten sich verwirrt, während er mit Martin Simons makelloser Handschrift kämpfte. Und dann:

»Kind ... kind ... kindliche Ent ... Entwick ... Entwickelung«, las er stockend vor.

»Entwicklung.«

Mr. Cartright konnte seine Korrektur gerade noch anbringen, einen Sekundenbruchteil vor der Explosion.

»Das ist doch das mit den Babys!«

»Da machen wir nicht mit, Sir!«

»Das ist doch Mädchenkram! Was denn sonst!«

»Jetzt komm ich überhaupt nicht mehr! Erst wieder, wenn alles vorbei ist.«

»Und du bist schuld, Sime!«

»Und das soll Naturwissenschaft sein? Ein Riesenschwindel ist das!«

»Zieh noch mal, Sime!«

Eilig kippte Mr. Cartright den Inhalt der Dose in den Papierkorb. Die Stimmzettel trudelten hinab auf das, was Luis Pereira zuvor ausgespuckt hatte.

Mr. Cartright blätterte Dr. Felthams umfangreiche Anweisungen zur Naturwissenschaftsschau durch. Ein schöner Anfang für das neue Schuljahr! Warum konnte der Mann es nicht so machen, wie es an jeder anderen Schule gemacht wurde, und den großen Tribut an die Wunder der Naturwissenschaft in die letzten Wochen vor den großen Ferien legen, wenn man bei Klassen wie der 10c friedlich die Zügel schleifen lassen konnte? Aber das war eben das Problem mit solchen Enthusiasten. Die Schwächen anderer existierten für sie nicht.

Als er schließlich die richtige Seite gefunden hatte, erhob Mr. Cartright die Stimme wie jemand, der den Namen eines Oscar-Preisträgers verkündet, und erklärte feierlich: »Und das Experiment, das Dr. Feltham zu diesem Thema ausgesucht hat, heißt –«

Er blickte in die Runde. Er hatte es noch gar nicht ausgesprochen, schon starrte ihn ein Meer von angewiderten Gesichtern an.

»Mehlbabys!«

Verwirrung trat jetzt an die Stelle von Verachtung.

»Wie war das?«

»Mehlbabys oder Milchbabys?«

»Klingt beides gleich komisch.«

»Was soll denn das sein?«

»Klingt jedenfalls nicht gerade nach Naturwissenschaft.«

Das dachte insgeheim auch Mr. Cartright. Er sah noch einmal auf die Liste. Konnte es sich um einen Irrtum handeln? Ein weiteres Versehen?

Nein. Da stand es, schwarz auf weiß.

Mehlbabys.

Genau so.

Mr. Cartright knallte Dr. Felthams Anweisungen aufs

Pult. Um was es sich auch handeln mochte, es blieb jetzt keine Zeit mehr, die Details nachzulesen. Wayne Driscoll hatte seine Backen bereits zum Bersten aufgeblasen und schwenkte wild seine imaginäre Stoppuhr.

Und da klingelte es auch schon.

Ein letztes kurzes Ritual war noch zu absolvieren, dann würde die Stunde zu Ende sein. Wer würde heute den Anfang machen?

Bill Simmons.

»Entschuldige, Bill Simmons, aber ich kann mich nicht erinnern, daß irgend jemand zu dir gesagt hätte, die Stunde sei zu Ende. Zurück an deinen Platz, bitte!«

»Aber Sir! Sir! Es hat doch geklingelt!«

»Das Klingeln gilt mir, Bill, nicht dir.«

Aber er war nicht recht bei der Sache. Nein, heute nicht. Um sie nur diesen einen Augenblick früher loszuwerden, ließ er sich sogar so weit herab, so zu tun, als hätte er nicht gesehen, wie Russ Moulds Hinterteil zwanzig unverschämte Zentimeter über der Sitzfläche seines Stuhls schwebte, bereit zur großen Flucht. »Okay, Jungs. Ab mit euch.«

Sie stürzten zur Tür, ein wilder, lärmender Haufen, und ließen Mr. Cartright nachdenklich zurück.

Mehlbabys ... Was in aller Welt ...?

2

Simon Martin lümmelte über den drei Stühlen vor der Tür zum Lehrerzimmer. Man hatte ihn dorthin geschickt, weil er in der Morgenversammlung permanent gestört hatte. Erst vier Minuten war er hier, und schon langweilte er sich schier zu Tode. Er hatte zu pfeifen versucht (und war dafür von Miss Arnott angeschnauzt worden, die gerade hineinging). Er hatte mit den Füßen Rhythmen zu trommeln versucht (und war dafür von Mr. Henderson angeschnauzt worden, der gerade herauskam). Er hatte sogar herauszufinden versucht, wie viele verschiedene Schnalzlaute er mit der Zunge erzeugen konnte (und war dafür von Mr. Spencer angeschnauzt worden, der gerade vorbeiging).

Sie ließen ihm einfach keine andere Wahl.

Sie konnten doch nicht erwarten, daß er den ganzen Tag hier herumsaß und nichts tat.

Beim nächsten Lehrer, der herauskam, würde er's riskieren.

Der nächste Lehrer, der herauskam, war Mr. Dupasque. Als die Tür hinter ihm zuschwang, schob Simon Martin seinen ziemlich riesigen Fuß verstohlen um ein paar Zentimeter nach hinten und blockierte mit der Ferse die Tür, so daß sie nicht ganz zufiel.

Sie waren selbst schuld. Wenn sie nicht wollten, daß

jemand, auf dem sie schon in der Morgenversammlung wegen nichts und wieder nichts herumgehackt hatten, sich dermaßen langweilte, daß er irgendwann anfing, ihre Gespräche zu belauschen, dann hätten sie ihn eben in Ruhe lassen müssen, als er noch friedlich vor sich hin gepfiffen und getrommelt und geschnalzt hatte.

Simon setzte sich für einen längeren Lauschangriff zurecht. Wenn er den Kopf nach rechts drehte, so, als würde er den Korridor hinunterschauen, dann konnte er aus den Augenwinkeln sogar einen schmalen Ausschnitt des Lehrerzimmers sehen. Und dort wirbelte Old Carthorse herum und machte mal wieder ein Riesentheater.

»Ich hör' wohl nicht recht!« brüllte Mr. Cartright. »Ich traue meinen Ohren nicht! Wollt ihr mir allen Ernstes erzählen, daß dieses Projekt ›Kindliche Entwicklung‹, das ihr euch da ausgedacht habt, sage und schreibe aus sechs Pfund ganz normalem Mehl besteht, in Sackleinwand eingenäht? Und daß ihr die Absicht habt, jedem von den Irren in meiner Klasse so ein Ding zu geben?«

»Nicht geben, Eric. Leihen.«

»Geben! Leihen!«

Simon erhaschte durch den Türspalt einen kurzen Blick auf Mr. Cartrights Arm, der in einer Geste der Verzweiflung hochgeworfen wurde. »Was macht das bei diesem Psychopathenhaufen schon für einen Unterschied! Niemand in der 10c könnte auch nur einen Stein betreuen, ohne ihn kaputtzuschlagen! Da könnt ihr doch nicht erwarten, daß ein Sechspfundsack Mehl das überlebt!«

Simon sah einen Streifen von Dr. Felthams besorgtem Gesicht.

»Nicht sechs Pfund, Eric. Drei Kilo. Versuch doch mal, mit gutem Beispiel voranzugehen. Du mußt in Gramm denken.«

»Ich denke verdammt nochmal, wie ich will, danke bestens!« hörte Simon Mr. Cartright knurren. »Und, ehrlich gesagt, ich glaube, ihr habt nicht alle Tassen im Schrank. In der 10c sind zur Zeit neunzehn Jungen, versteht ihr? Neunzehn mal sechs macht hundertdreiundzwanzig!«

»Hundertvierzehn«, konnte Dr. Feltham sich nicht enthalten zu verbessern.

»Was?«

Dr. Feltham mißverstand Mr. Cartrights Mischung aus Ungeduld und Empörung als ein ehrliches Streben nach mathematischer Erleuchtung.

»Du hast wahrscheinlich die Neun mit sieben multipliziert«, sagte er. »Das wäre die einzig plausible Erklärung für diesen speziellen Fehler.«

Bei all dem abgehobenen Gerede über Zahlen ließ Simons Aufmerksamkeit nach. Er wollte seinen Fuß gerade wieder nach vorn schieben und die Tür zufallen lassen, als ihm erneut ein Ausschnitt von Mr. Cartright ins Blickfeld wirbelte und er seinen Klassenlehrer brüllen hörte: »Hundertsoviel oder hundertsoviel! Was soll's! Das sind immer noch über hundert Pfund gesiebtes weißes Mehl, die in meinem Klassenzimmer explodieren!«

Draußen auf dem Korridor breitete sich ein Ausdruck schieren Entzückens über Simon Martins Gesicht. Hatte er richtig gehört? Einhundert Pfund gesiebtes weißes Mehl? Explodieren? Im Klassenzimmer? Wahnsinn! Da lohnte sich's, in die Schule zu gehen. Da lohnten sich all die grauenhaften Stunden, die er damit zugebracht hatte, sich seine riesigen Knie unter den Puppentischen wundzuscheuern, von Lehrern angeschnauzt zu werden und vor Langeweile schier einzugehen.

Einhundert Pfund gesiebtes weißes Mehl.

Wumm! Er sah es bereits vor sich. Lawinen von Mehl! Berge, Wolken von Mehl! Der Raum würde knietief im Mehl versinken. Es würde Mehl regnen. Mehl würde aus den Fenstern stieben, bemehlte Fußspuren würden von der Tür nach draußen führen.

Die Vision war so betörend, so weiß und vollkommen, so unsagbar schön, daß Simons Ohren von der ausufernden magischen Kraft seiner Phantasie zeitweilig blockiert wurden und ihm Dr. Felthams Versuch, seinem Kollegen das Experiment zu erklären, ganz entging.

»Du hast das völlig falsch verstanden, Eric. Die Puddingdosen explodieren, nicht die Mehlbabys. Die Mehlbabys sind nichts weiter als ein Experiment zur Eltern-Kind-Beziehung. Jeder der Jungen übernimmt für die gesamten drei Wochen die volle Verantwortung für sein Mehlbaby und führt ein Tagebuch, in dem er seine Probleme und Einstellungen festhält. Es ist sehr interessant, was dabei herauskommt. Es ist faszinierend, was sie dabei lernen, über sich selbst und über die Elternschaft. Es ist ein sehr lohnendes Experiment, du wirst sehen.«

Simon schnappte nur die letzten Worte auf. »Du wirst sehen.« Er aber sah es jetzt schon! *Wumm!* Dann ein Wolkenpilz aus Mehl, der das verhaßte Gefängnis des Klassenzimmers den Blicken entzog. Simon schwebte im Geiste mit der schneeweißen Herrlichkeit nach oben und rechtzeitig wieder nach unten, um mitzubekommen, wie Mr. Cartright einen letzten Versuch unternahm, diesen unvermuteten, beispiellosen Segen abzuwenden.

»Wieso können sie nicht etwas in Mr. Highams Werkstätten machen?«

Jetzt erhob sich eine neue, gequält klingende Stimme.

»Eric! In meinen Werkstätten herrscht Hochbetrieb, so kurz vor der Naturwissenschaftsschau! Die schiefen Ebenen für das Experiment zum Reibungswiderstand müssen konstruiert werden. Das Hausskelett für die elektronische Alarmanlage der 10f muß gebaut werden. Der Unterbau für Harrisons thermistorgeregelten Ventilator ist noch nicht einmal angefangen, ebensowenig wie der Montagerahmen für die Schaltstation der Hughes-Zwillinge. Und an der Madenfarm sind auch ein paar Reparaturen fällig, sonst haben wir bald überall Maden.«

Durch den Türspalt sah Simon einen Moment lang Mr. Higham, der die Arme ausbreitete.

»Tut mir leid, Eric. Ich kann deine Meute im Moment nicht in die Werkstätten lassen, dazu liegt mir zuviel an meinem Job. Das letztemal, als ich Rick Tullis beim Hinausgehen gefilzt habe, da hatte er sich vier von meinen Schraubenziehern in die Unterhose gesteckt. Vier! Und dieser Sajid Mahmoud aus deiner Klasse braucht ein Holzflugzeug nur anzuschauen, schon hängt ein Flügel schief. Tut mir leid, Eric, aber es geht nicht.«

Wäre Simon nicht so empört gewesen, weil Mr. Cartright dieses Geschenk des Himmels ausschlagen wollte, er hätte Mitleid mit ihm gehabt, als er jetzt seine gebrochene Stimme hörte.

»Das werd' ich mir merken«, sagte Mr. Cartright. »Nächstesmal, wenn von euch jemand in der Klemme sitzt, werd' ich dran denken!«

Als sich die Stimme der Tür näherte, zog Simon seine Ferse vorsichtshalber weg.

»Hundertvierundzwanzig Pfund weißes Mehl! In meinem Klassenzimmer! Mit dieser Bande! Und keiner von euch ist mir zu Hilfe gekommen. Keiner. Das werd' ich mir merken. Jawohl. Das merk' ich mir.«

Simons Fuß fuhr von der Tür zurück, gerade als Mr. Cartright sie aufstieß.

»Was machst du denn hier?«

»Sie haben doch gesagt, ich soll herkommen, Sir.«

»Gut, dann sag' ich dir jetzt was anderes. Geh weg. Geh sofort in die Klasse zurück.«

»Ja, Sir.«

Simon bückte sich, ganz unnötigerweise, aber aus Prinzip, um sich in aller Ruhe die Schnürsenkel auf- und wieder zuzubinden. Er bereute auch nicht, sich die Mühe gemacht zu haben, denn obgleich ihm diese kleine Geste des Trotzes einen ziemlich beunruhigenden Blick von Mr. Cartright eintrug, bewirkte sie doch zugleich, daß beide lange genug stehenblieben, um zu hören, wie es aus dem Lehrerzimmer klar und deutlich ertönte: »Er hat sich wieder vertan. Diesmal muß er die Eins mit sieben multipliziert haben. Merkwürdig, was da in seinem Kopf vorgeht.«

Zufrieden, daß sie jetzt quitt waren, trottete Simon davon. Und Mr. Cartright trottete hinter ihm her. Er ließ den Jungen durch den langen Korridor vorausgehen, um

Zeit zum Nachdenken zu haben. Was war jetzt zu tun? Sicher, er hatte unmißverständlich erklärt, daß der nächste, der auch nur das geringste Geräusch machte, das Projekt auswählen sollte. Und Simon hatte die Mehlbabys gezogen. Aber man mußte schließlich fair bleiben: Simons Gewohnheit, wie ein Neandertaler hereinzuplatzen, war ein reines Versehen. Er tat es nicht in provozierender Absicht. Er machte Türen instinktiv wie ein Gorilla auf.

Man brauchte also nicht unnötig stur zu sein.

Sie konnten ja noch einmal abstimmen.

Erleichtert beschleunigte Mr. Cartright seine Schritte. Während des Nachdenkens war er ein ganzes Stück zurückgeblieben. So weit, daß er nicht mitbekam, was Simon Martin, als er als erster durch die Tür polterte, der wartenden Klasse atemlos verkündete.

»Die Mehlbabys! Die sind genial! Besser als Seife und Maden und alles! Die beste Naturwissenschaft, von der ich je gehört hab'!«

Als Mr. Cartright zwanzig Sekunden später eintrudelte, brachte er den Lärm zum Schweigen, ohne auch nur nach dem Grund zu fragen. Er hievte sein Hinterteil auf das Pult und begann in beschwichtigendem Ton zu sprechen.

»Also, hört mal zu, Jungs, ich bin ja ein vernünftiger Mensch, und wenn ich mir's recht überlege, sehe ich eigentlich nicht ein, warum die ganze Klasse dafür büßen sollte, daß Simon Martin die Türen so lautstark aufmacht. Irgendwann, wenn wir mal ein bißchen mehr Zeit haben, werden wir ihm das Prinzip und den Gebrauch des Türknaufs erklären. Aber im Moment, denke ich, können wir die Vergangenheit ruhen lassen und noch einmal die Alternativen für die Naturwissenschaftsschau erörtern.«

Simon zog zischend die Luft durch die Zähne. Im allgemeinen beachtete er die Lehrer zwar nicht weiter, aber ihre Gerissenheit erkannte er in allen ihren gängigen Formen.

»Der alte Schleimer!« murmelte er Robin Foster, seinem Tischnachbarn, erbittert zu. »Er will sich vor den Mehlbabys drücken, weil sie das beste sind.«

Aus reiner Gewohnheit gab Robin die Information weiter. Sein Nachbar ebenfalls. Und dessen Nachbar ebenfalls. So schnell pflanzte sich das Geflüster durch die ganze Klasse fort, daß alle, als Mr. Cartright, übers ganze Gesicht strahlend, fragte: »Also, wer ist für Textiles Gestalten?«, wie ein Mann bereit waren, ihre eigene Form der Sabotage anzuwenden.

»Nähen und all sowas! Toll! Paß bloß auf, Foster! Du kriegst von mir noch ganz schön was zurück, mit dem Trennmesser, von damals in der siebten!«

»Wetten, ich kann mir fünfzig Stecknadeln ins Gesicht stecken und sie die ganze Stunde über drinlassen?«

»Wetten, Tariq rattert so mit der Nähmaschine los, daß sie zu Bruch geht?«

»Darf ich bitte eine Nazifahne nähen, Sir?«

»Wenn wir Textiles Gestalten nehmen, dürfen wir dann auch färben?«

»Au ja, Sir! Toll! Ich weiß noch, wie ich mal gefärbt hab', und es ist nicht mehr rausgegangen. Nie mehr.«

Mr. Cartright erschauerte innerlich.

»Wißt ihr was«, sagte er lächelnd, »lassen wir das Textile Gestalten und nehmen statt dessen einfach Konsumforschung.«

Doch darauf hatten sie nur gewartet.

»Yeah! Yeah!«

»Das haben wir schon mal gemacht. Echt stark war das! Einmal mußten wir zählen, wie viele gebackene Bohnen in acht verschiedenen Konservendosen waren. Unser Team hätte gewonnen, Sir, wenn Wayne nicht so viele in sich reingefressen hätte.«

»Und beim Bonbongegenwert-Test hätten wir auch gewonnen, Sir. Aber Tariq hat mit den Dingern nach Phil gespuckt, anstatt sie anständig zu lutschen.«

Mr. Cartright würde sich von dieser Art leichter Artillerie nicht abschrecken lassen, das sah Simon ihm an. Wenn sie ihr unausgesprochenes Ziel erreichen und Mr. Cartright davon überzeugen wollten, daß alles außer den Mehlbabys ab sofort nicht mehr genehm war, dann mußte jemand schwereres Geschütz auffahren.

»Bei Konsumforschung lassen sie einen auf die Läden los«, drohte er Mr. Cartright düster.

Und prompt spielten auch die anderen ihre Trümpfe aus.

»Ja! Einmal sind nur vier von uns zurückgekommen. Der arme Mr. Harris hat einen Anfall gekriegt!«

»Und Russ ist um ein Haar überfahren worden. Zum Piepen war das!«

»Der Kerl sprang aus dem Auto, und als er sah, daß Russ nichts passiert war, hat er ihm eine gelangt.«

»Nur weil ich ihm eine Delle in die Stoßstange gemacht

hab', Sir. Dabei war's nicht mal meine Schuld. Luis hat mich geschubst.«

»Luis war hinter einem Mädchen her.«

Luis sah sich stolz im Klassenzimmer um.

»Ja, hinter Moira, stimmt's?«

Bei der bloßen Erwähnung von Moiras Namen erhob sich ein animalisches Beifallsgebrüll. Mr. Cartright drehte der Bande den Rücken. Er wollte sich den Anblick einer Flut verstohlener zweideutiger Gesten ersparen, wie sie – das wußte er aus Erfahrung – jeder weibliche Name heraufbeschwor. Auf jeden Fall fand er die Vorstellung, die Jungen durch die Läden ziehen zu lassen, äußerst entmutigend. Wozu, um Himmels willen, waren Schulen eigentlich erfunden worden? Doch sicher, um die Köpfe junger Leute mit Erhabenerem zu füllen als mit dem Wissen, wie man am besten Scheuerlappen einkaufte.

Nein, er wollte mit diesem neumodischen Banausentum nichts zu tun haben.

Er nahm den Tafelschwamm und wischte mit zwei kräftigen, langen Strichen Textiles Gestalten und Konsumforschung fort.

»Wie steht's mit Hauswirtschaft?« wollte er wissen.

Geringschätzige Rufe ertönten allenthalben.

»Familie spielen!«

»Ich wär' der Vater und du die Mutter!«

»Menschenskind! Du kannst doch nicht mit diesem Tuch die Teller abwischen! Gerade hast du noch das Klo damit geputzt!«

»Hol die Wäsche rein, wenn es zu regnen anfängt, sonst – na, rate mal! Sie könnte naß werden!«

»Das saugt ihr euch doch aus den Fingern«, wies Mr. Cartright sie streng zurecht. Aber er konnte sich beim besten Willen nicht vorstellen, um was es in Hauswirtschaft sonst gehen sollte als um Dinge, auf die jeder Idiot binnen zwei Wochen von selbst kommen konnte.

Er wischte Hauswirtschaft fort.

»Somit«, sagte er, »bleiben, wie ihr seht, nur noch Babys und Essen.«

Er war sich sicher, daß der Fall damit erledigt war. Schließlich taten die meisten der Jungen, die da vor ihm saßen, den halben Tag nichts anderes als sich emsig vollzustopfen. Kaum eine Stunde verging, ohne daß er dem einen oder anderen von ihnen sagen mußte, er solle dies hinunterschlucken, das ausspucken, jenes einwickeln und bis zur Pause weglegen. Beim Thema Essen würde er sich auf sicherem Terrain bewegen.

Doch weit gefehlt.

»Ernährungslehre haben wir schon mal gemacht, Sir. Mit Essen hatte das überhaupt nichts zu tun.«

»Das ist nur Schreibkram.«

»Und Rezepte aussuchen.«

Wayne Driscoll startete eine seiner umständlichen geistigen Suchaktionen und förderte einen Ausdruck zutage, den er in der siebten Klasse unwissentlich seinem Gedächtnis einverleibt hatte.

»Ausgewogene Mahlzeiten, Sir!«

»Was zwei zahnlose alte Knacker zum Frühstück essen können.«

»Stinklangweilig ist das.«

»Von Kochen keine Rede.«

»Nichts als Tabellen studieren und sowas.«

Mr. Cartright stand vor einem Rätsel. Wozu stürzte sich der Steuerzahler in Unkosten, um Schulen im ganzen Land mit riesigen blinkenden Küchen auszustatten, wenn die Schüler sie gar nicht benutzten?

»Irgendwann müßt ihr doch auch gekocht haben«, beharrte er.

Der finstere Blick, den Sajid Mahmoud ihm zuwarf, hätte selbst einem Stein Angst eingejagt.

»Das einzige Mal, als ich kochen durfte, hab' ich einen Riesenanschiß gekriegt, weil ich das Zeug nach dem Benoten in den Mülleimer geschmissen hab'.«

»Und da wunderst du dich?« sagte Mr. Cartright. »Sowas von Verschwendung!«

»Aber ich konnt' es doch nicht essen! Es war Fleischpastete, und ich ess' doch kein Fleisch.«

»Du hättest ja was anderes kochen können.«

Sajid glühte vor neu aufgeflammter Empörung über die Ungerechtigkeit von damals.

»Wieso denn? Von essen hat doch kein Mensch was gesagt! Kein Sterbenswörtchen! Die ganze Zeit hatten sie's davon, daß alles ausgewogen sein muß, wie Wayne sagt, und daß Vitamine drin sein müssen und so. Aber kein Mensch hat was von schmecken oder essen gesagt.«

Er verfiel in wütendes Gemurmel.

»Und dann hat mir der alte Drachen eine viel schlechtere Note gegeben. Und den Mülleimer mußte ich auch noch auswaschen . . .«

»Und die anderen?« unterbrach ihn Mr. Cartright und kam sich besonders schlau vor, weil er Simon die Chance bot, jegliche Verantwortung dafür, daß er rein zufällig die falsche Wahl getroffen hatte, loszuwerden. »Wie steht's mit dir, Simon? Du würdest doch sicher lieber kochen, was?«

Simon warf ihm einen gemäßigt finsteren Blick zu.

»Nein, würd' ich nicht.«

»Nein?« beharrte Mr. Cartright. »Ein Junge, der noch wächst, so wie du, der freut sich doch bestimmt über eine Extrafutterration.«

Doch Simon hatte nicht vor, sich umstimmen zu lassen. Und er würde auch nicht zulassen, daß jemand anderer aus der Klasse sich breitschlagen ließ, ohne sich an die harten Tatsachen vergangener Jahre zu erinnern.

»Wir hätten glatt verhungern können«, sagte er. »Wir hätten tot umfallen können, bevor wir überhaupt ans Kochen kamen. Zuerst haben wir wochenlang gelernt, wie man Unzen in Gramm umrechnet, und dann haben wir wochenlang gelernt, wie man Gramm wieder in Unzen umrechnet, und dann haben sie uns mit ihren Ballettstoffen genervt –«

»Ballaststoffe meinst du.«

»Egal.« Simon tat die Korrektur mit einem Achselzucken ab. »Jedenfalls sind wir in der ganzen Zeit nur zweimal in die Küche gekommen.«

Er konnte der Versuchung nicht widerstehen und fügte bitter hinzu: »Und das eine Mal ist die halbe Klasse gleich am Anfang vor die Tür gesetzt worden, nur weil sie ruhig in der Reihe gestanden hat.«

Mr. Cartright sah ihn bedeutsam an.

»Ruhig in der Reihe gestanden? So ruhig wie in der

Versammlung heute morgen, als ich dich rausgeschickt habe?«

»Ruhiger«, erwiderte Simon tugendhaft.

»Das stimmt, Sir«, sekundierte ihm Robin Foster. »Wir haben alle Schlange gestanden.«

»Ja, an der Küchenmaschine.«

»Wir mußten doch unsere Tomaten kleinschneiden.«

Und plötzlich sah Mr. Cartright es vor sich. Eine Vision, als spielte sich das ganze unmittelbar vor ihm ab, an diesem Vormittag. Eine ganze Klasse in einer Reihe, herumalbernd, schiebend und drängend, rempelnd und einander zupfeifend. Die Hälfte ging so unachtsam mit ihren Tomaten um, daß wäßrigrote Tropfen auf die schimmernden Fliesen fielen. Die anderen schnipsten glitschiggelbe Tomatenkerne möglichst weit die Wände hoch oder einander ins Gesicht.

»Ihr habt also Schlange gestanden«, sagte er, »ganz ruhig in einer Reihe?«

»Genau«, versicherten ihm alle, die dabeigewesen waren.

Mr. Cartright hatte sich wacker geschlagen. Jetzt aber resignierte er. Simon beobachtete seinen Klassenlehrer gespannt und mußte unwillkürlich grinsen vor Vergnügen und Erleichterung, denn er konnte genau sehen, in welchem Augenblick Ernährungslehre als Alternative für Mr. Cartright ihren Reiz verlor. Das einzige, was Mr. Cartright jetzt noch vor seinem geistigen Auge sah, war eine Horde Jungen, die vor einer Küchenmaschine Schlange standen. Jeder einzelne bereit, fast eine ganze Unterrichtsstunde mit Anstehen zu vergeuden, nur um sich an dieser magischen, dröhnenden und heulenden Maschine zu betätigen. Jeder der Jungen eine halbe Stunde seines kurzen Lebens verplempernd, um dann eine arme, einsame, übel zugerichtete Tomate in die dicke, runde Schüssel dieses Präzisionsgerätes mit all seinen Schaltern, Messern und Geschwindigkeitsstufen zu werfen. Jeder der Jungen langsam und ungeduldig Zentimeter um Zentimeter vorrückend, schmählich das einfache, bescheidene Küchenmesser ignorierend, mit dem er in Sekundenschnelle – kein Wirbel, keine Schweinerei – seine Tomate in Schnitze, Scheiben oder Würfel hätte schneiden können.

Das Leben war zu kurz für Ernährungslehre.

Dann also die Mehlbabys. Sollte doch das Chaos über sie hereinbrechen!

3

Simon saß am Küchentisch, vor sich sein Mehlbaby. Er gab ihm einen Schubs.

Das Mehlbaby fiel um.

»Ha!« rief Simon verächtlich. »Noch nicht mal richtig sitzen kannst du!«

Er setzte das Mehlbaby wieder hin und schubste es erneut.

Wieder fiel es um.

»Kein Stehvermögen, was?« höhnte Simon und setzte es von neuem hin.

Diesmal kippte das Mehlbaby hintenüber, fiel vom Tisch und in den Hundekorb.

»Verdammt!«

»Du darfst nicht fluchen, Simon«, sagte Simons Mutter. »Du gibst ihm ja ein schauderhaftes Beispiel!«

Simon langte nach unten, raffte das Mehlbaby von Macphersons Polster und zupfte ihm die Hundehaare vom Kleid.

»Nicht *ihm*«, tadelte er jetzt seine Mutter. »*Ihr.*«

Es war eindeutig eine Sie. Eindeutig. Einige von den Mehlbabys, die Mr. Cartright am Vormittag ausgeteilt hatte, konnten das eine oder das andere sein. Da war es nicht so klar. Bei dem, das in Simons Schoß gelandet war, aber schon.

»Fang auf, du Schlafmütze! Bist du nicht eine von den Sportskanonen hier? Wach auf!«

Sie war einfach süß. Sie hatte ein rosa Spitzenhäubchen auf und ein rosa Nylonkleid an, und auf die Sackleinwand waren bezaubernde runde, von langen Klimperwimpern eingerahmte Augen aufgemalt.

Robin Foster, der neben ihm saß, wurde sofort neidisch.

»Wieso kriegst du eins mit Augen? Meins hat nur die Sackleinwand, ohne alles. Tauschen wir?«

Simon faßte sein Mehlbaby fester.

»Nein. Das ist meine. Du kannst ja Augen aufmalen, wenn du welche haben willst.«

»Und deins hat Kleider!« Robin drehte sich zu Mr. Cartright um, der gerade die letzten Mehlsäckchen durchs Klassenzimmer warf, und trompetete: »Sir! Sir! Simes Puppe hat ein Kleid und eine Haube und Augen und alles, und meine hat gar nichts. Das ist ungerecht!«

»Wenn jedes Baby, das ein bißchen minderbemittelt ist, von seinen Eltern zurückgegeben würde«, sagte Mr. Cartright, »dann wäre dieses Klassenzimmer praktisch leer. Setz dich hin und sei still.«

Er hievte sich aufs Pult und begann, die Regeln für das Experiment zu verlesen.

MEHLBABYS

1. Die Mehlbabys sind zu jeder Zeit sauber und trocken zu halten. Schadhafte Stellen, Flecken und ein Auslaufen der Füllung werden außerordentlich ernst genommen.

2. Zur Feststellung etwaiger Gewichtsverluste aufgrund von Vernachlässigung oder Mißhandlung sowie jeglicher Gewichtszunahme infolge von Manipulationen oder Feuchtigkeitseinwirkung werden die Mehlbabys zweimal wöchentlich offiziell gewogen.
3. Zu keinem Zeitpunkt, ob am Tage oder nachts, dürfen die Mehlbabys unbeaufsichtigt bleiben. Läßt sich ein Aufenthalt außer Sichtweite des Mehlbabys nicht vermeiden, so ist – auch wenn es sich nur um eine kurze Zeitspanne handelt – ein verantwortungsbewußter Babysitter heranzuziehen.
4. Es ist ein Babybuch zu führen, in das täglich Einträge gemacht werden. Ein Eintrag sollte nicht weniger als drei vollständige Sätze und nicht mehr als fünf Seiten umfassen.
5. Bestimmte Personen (die erst nach Beendigung des Experiments genannt werden) machen es sich zur Aufgabe, über das Wohlergehen der Mehlbabys und die Einhaltung der oben genannten Regeln zu wachen. Es kann sich dabei um Eltern, Mitschüler, Angehörige des Lehrkörpers oder Außenstehende handeln.

Er blickte auf. »Das wär's.«

Nie zuvor hatte er eine so stille Klasse gesehen. Ein interessanter Anblick. Das mußte man Dr. Feltham und den anderen Eierköpfen lassen: Sie hatten magische Kräfte. Manche von ihnen mochten zwar ins Lehrerzimmer herein- oder auf den Flur hinaushasten, ohne zu merken, daß sich die Maschen ihres Pullover hinter ihnen auftrennten, und wenn man sie fragte, ob sie Zucker in den

Tee wollten, konnte man sehen, wie sie erst die Datenbanken in ihrem Hirn durchforsten mußten. Aber sie konnten Wunder wirken. Sie konnten hexen. Mit ihren geheimnisvollen Künsten vollbrachten sie das Unausdenkliche. Sie konnten den ganzen Planeten in die Luft jagen. Und sie konnten die 10c zum Schweigen bringen.

»Und?« fragte er etwas entnervt. »Noch irgendwelche Fragen?«

Simon griff nach seinem Mehlbaby und hob ihr den Rock hoch. Kein Schlüpfer, wenn man die Sackleinwand nicht rechnete. Auf dem Po hatte sie bereits schwarze Flecken, dort, wo er sie auf die Bleistiftrinne des Zweierpultes gesetzt hatte, aus der kürzlich Robin Fosters Radierfitzelsammlung übergelaufen war.

»Da, schau dir das an«, beklagte er sich bei Robin. »Schon ist sie schmutzig, und du bist schuld, Foster. In Zukunft wirst du das Pult sehr viel sauberer halten müssen.«

Robin starrte auf die schwärzlichen Radierabfallhäufchen nieder, die er so emsig angesammelt hatte, damit er und Simon stets Rohmaterial für Schnipsgeschosse zur Verfügung hatten. Dann warf er Simon einen Blick zu, um herauszufinden, ob er Spaß gemacht hatte. Schließlich wählte er aus dem Köcher möglicher Antworten den spitzesten Pfeil: Spott.

»Sir! Sir!« schrie er und stieß, die Aufmerksamkeit der ganzen Klasse fordernd, die Faust in die Luft. »Sie müssen mich woandershin setzen, Sir! Hier kann ich nicht bleiben. Da bin ich nicht mehr sicher. Sime Martin verwandelt sich in meine Mutter!«

Den ganzen Rest des Tages ritten sie auf dem Witz herum. Als das letzte Läuten ertönte, hatte Simon die Nase gründlich voll davon, ständig sein Mehlbaby vorsichtig auf seine Schultasche setzen und schon wieder hinter jemandem herjagen zu müssen, der ihn »die alte Mrs. Martin« oder »Mutter Martin« genannt hatte, und ihn mit dem Kopf gegen die Wand zu donnern. Als er schließlich um halb vier zum hinteren Tor hinaustrottete, brannten ihm die Knöchel, und sein Handgelenk war böse aufgeschürft. Er wollte sich das Blut am Kleid des Babys abwischen, bremste sich aber gerade noch, weil ihm plötzlich wie durch ein Wunder die Stimme seiner Mutter in den Ohren tönte: »Nein, Simon, nicht! Das ist doch Blut! Das geht nie wieder raus!« Und er wischte sich statt dessen die Hand an seinem Hemd ab.

Und jetzt stand seine Mutter höchstpersönlich vor ihm und verteilte noch mehr Gratisratschläge.

»Du solltest sie in eine Plastiktüte stecken, damit sie sauber bleibt.«

»Hast du das mit mir auch gemacht?«

Seine Mutter lachte und stellte das Abendessen vor ihn hin. Eier mit Bohnen.

»Wär' ich bloß so gescheit gewesen!«

Das sollte wohl ein Spaß sein. Aber trotzdem, man mußte sich das mal vorstellen. Alles mußte sich für sie verändert haben, als sie ihn bekommen hatte. Er war dahergekommen, eine ganz neue Person, mit der man ab jetzt zu rechnen hatte. Und eine ganz reale. Nicht einfach ein Mehlbaby oder so etwas, das man, um es sauberzuhalten, einfach in eine Plastiktüte stecken konnte, ohne deshalb gleich eine Mordanklage angehängt zu bekommen. Wann war ihr klargeworden, wieviel Ärger sie mit ihm haben würde? Manchmal fällt der Groschen ja erst ein bißchen später. Er selbst konnte sich noch an den Tag erinnern – es war noch gar nicht so lange her –, als ihm zum erstenmal bewußt geworden war, daß er eine ganz eigene Person war. Mit einem Truthahn hatte er die Sache diskutiert. Hinter dem Wohnwagenpark, in dem er und seine Mutter die Ferien verbrachten, gab es einen Bauernhof, und einer der größeren Truthähne hatte übellaunig kollernd den Kopf durch den Zaun gestreckt, Simon beäugt – erst mit dem einen, dann mit dem anderen Auge – und ihn so daran gehindert, seinen Weg zu den Toiletten fortzusetzen.

Simon zahlte es ihm auf die denkbar einfachste Weise heim.

»Weihnachten!« johlte er. »Ham-ham!«

Der Truthahn hörte auf zu kollern. Simon aber mußte sich einen Moment auf die Stufen zum Toiletteneingang setzen. Ihm war plötzlich klargeworden, daß der Truthahn an Weihnachten ja wirklich tot auf einer Platte liegen, er, Simon, aber noch am Leben sein würde (wenn man die idiotischen Unfälle ausschloß, von denen seine Mutter ständig redete).

Und irgendwie brachte ihn das ins Grübeln. Er zog die Haut auf seinem Handrücken zu einem Miniaturzelt hoch und ließ sie wieder los. Sie sprang sofort zurück und hielt ihn so in Form. In seiner Form. Zum erstenmal in seinem Leben kam es ihm in den Sinn, daß er absolut einzigartig war. In der gesamten Geschichte des Universums hatte es einen wie ihn noch nie gegeben. Und es würde ihn auch kein zweitesmal geben.

»Kein sehr angenehmes Plätzchen, das du dir da ausgesucht hast.«

Jemand stieg auf dem Weg zu den Toiletten über ihn hinweg. Doch Simon war mit den Gedanken ganz woanders und hörte kaum zu. Einmal, vor wenigen Jahren erst, hatte es Simon nicht gegeben – er hatte überhaupt nicht existiert. Und eines Tages würde er, so wie der Truthahn, nicht mehr existieren. Nie mehr.

»Kannst du dir nicht einen etwas ersprießlicheren Platz suchen?«

Der Typ von eben, auf dem Rückweg. Simon achtete nicht auf ihn, er war mit anderen Dingen beschäftigt. Hatte er sich nicht soeben selbst entdeckt, den einzigen, einmaligen Sime Martin, lebend und (anders als der Truthahn) wissend, daß er lebte?

Von diesem Tag an hatte Simon sich mit einem ganz neuen Respekt betrachtet, mit weit mehr Interesse. Die anderen Feriengäste gewöhnten sich schon beinahe daran, den Jungen aus dem Wohnwagen am Ende der Reihe in den sonderbarsten Verrenkungen zu sehen, nicht etwa, weil er Yoga machte, wie die Familie, die neben den Duschen wohnte, sondern einfach, um Teile seines Körpers zu inspizieren, die er sich noch nie so richtig angesehen hatte: Fersen, Ellenbogen, Bauchnabel, die Innenseite seiner Oberschenkel.

»Wer weiß, was der sich alles anschaut, wenn er allein ist!«

»Glauben Sie, der arme Junge ist geistig behindert?«

»Mir tut nur seine Mutter leid.«

»Hör auf damit, Simon! Die Leute denken ja, du hast Läuse!«

Weder die geflüsterten Bemerkungen der Nachbarn noch die strengen Befehle seiner Mutter drangen auch nur entfernt in Simons Bewußtsein. Er war beschäftigt. Damit beschäftigt, seinen hochaufgeschossenen, schlaksigen Körper mit einer nie gekannten Neugier, mit wahrem Staunen zu erforschen. Alles, was er denken konnte, war: »Das bin ich.« Aber es ging um mehr, viel mehr, auch wenn er es beim besten Willen nicht hätte erklären können. Und in den darauffolgenden Jahren hatte ihn niemand je danach gefragt.

Jetzt aber hatte er eine Frage an seine Mutter. Er zupfte das letzte von Macphersons borstigen Haaren von dem Mehlbaby und fragte:

»Wie war ich eigentlich?«

Seine Mutter lutschte sich eine einzelne Bohne von der Fingerspitze.

»Wann?«

»Als Baby.«

Ihre Augen verengten sich, als sie ihn über den Tisch hinweg ansah. Kaum drückt man einem Jungen eine Puppe in die Hand, dachte sie und seufzte innerlich, schon kommt er ins Grübeln. Wie muß das erst bei einem Mädchen sein?

Aber es war eine berechtigte Frage, und er hatte sie schon mehrere Jahre nicht mehr gestellt. Ihr Sohn verdiente eine ehrliche Antwort.

»Du warst süß«, sagte sie, »ein Musterkind, rund wie

ein Biskuittörtchen, mit strahlenden Knopfaugen. So hübsch warst du, daß wildfremde Leute den Kinderwagen auf der Straße angehalten haben, um dir was vorzugurren und mir zu sagen, was für ein Glück ich hätte. Alle wollten dich knuddeln. Doch, wirklich, du warst das schönste Baby der Welt.«

Er wußte, sie wollte nicht, daß er es sagte und damit die Stimmung verdarb, aber er konnte nicht anders.

»Warum ist mein Dad dann so schnell abgehauen?«

Seine Mutter versuchte wie üblich, das ganze ins Lächerliche zu ziehen.

»Sei fair, Simon. Er hat immerhin volle sechs Wochen hier herumgehangen!«

Aber sie sah an seinem Gesicht, daß die Antwort ihre gewohnte Wirkung verfehlte, und so versuchte sie es mit ihrer Altweibertour.

»Manche meinen ja, er hätte in die Zukunft schauen können . . .«

Doch Simon lächelte noch immer nicht.

Mrs. Martin gab es auf, nahm noch einen Bissen von ihrem Abendbrot und beobachtete ihn aufmerksam, um genau herauszufinden, wie aufgewühlt er war.

Simon setzte das Mehlbaby vor sich hin und sah ihr in die schönen runden Augen. Seine Stimmung war plötzlich auf den Nullpunkt gesunken. Angenommen, sein Vater konnte tatsächlich in die Zukunft schauen. War das vielleicht ein Ausgleich dafür, daß Simon nicht in die Vergangenheit blicken konnte? Jeder, der seinen Vater einmal in Wirklichkeit gesehen hatte, schaffte das irgendwie. Er mußte sich nur etwas Altersspeck wegdenken. Ein paar

Falten fortwischen. Ein bißchen Haar dazutun. Aber wenn man den Mann noch nicht einmal *gesehen* hatte –

»Warum sind denn keine Fotos da? Ich weiß ja, daß ihr keine richtige Hochzeit hattet und all sowas, aber warum sind denn keine anderen Fotos da?«

»Simon! Natürlich sind Fotos da! Jede Menge!«

»Aber nicht von ihm. Fast gar keins von ihm.«

»Weil meistens er derjenige war, der fotografiert hat.«

»Du hättest doch wenigstens ein einziges gutes Bild von ihm machen können.«

Sie hieb ihren Teelöffel so heftig in die Zuckerdose, daß der Zucker nach allen Seiten stob.

»Und wie sollte ich wissen, daß er mich sitzenlassen würde? Frauen kriegen nicht unbedingt eine Woche vorher Bescheid, weißt du?«

Simon streckte die Zunge heraus, und nach einer kleinen, unverschämten Pause begann er die verschütteten Zuckerkrümel von seinen Handgelenken zu lecken. Dann wandte er sich dem Mehlbaby zu.

»Nicht abschlecken, Simon!« Und dann, anstatt hinzuzufügen: »Sie hat doch im Hundekorb gelegen«, warnte ihn seine Mutter: »Sonst kriegt sie deine Bazillen ab.«

Ein guter Witz war das nicht, aber daß sie überhaupt einen zu machen versucht hatte, bewirkte, daß Simon sich wieder besser fühlte. Sie mochte sich zwar über die Sache mit seinem Vater lustig machen, aber er merkte doch, daß sie Verständnis dafür hatte, wenn er in diesem Punkt empfindlich war. Er schaufelte sich die letzte Gabel Bohnen in den Mund und nuschelte: »Wann ist dir eigentlich klargeworden, daß ich eine richtige Person bin?«

Er wußte nicht, was für eine Antwort er erwartete. Vielleicht »als du acht warst« (als er sich geweigert hatte, zu Hyacinth Spicers Geburtstagsparty zu gehen). Oder sogar »schon als du vier warst« (als er offenbar in einem Schuhgeschäft einen solchen Wutanfall bekommen hatte, daß die Geschäftsführerin höchstpersönlich herbeigeeilt war und ihm eine Ohrfeige verpaßt hatte).

Doch was sie wirklich sagte, setzte ihn in Erstaunen.

»Oh, schon Wochen vor deiner Geburt! Wir beide müssen uns damals in verschiedenen Zeitzonen bewegt haben. Wenn ich auf war, warst du so still, als wärst du gar nicht da. Aber sobald ich den Kopf auf ein Kissen legte, bist du aufgewacht und fingst an, mich zu treten.«

»Tja, Fußballtraining«, sagte er stolz.

Und das erinnerte ihn an etwas. Er schaute auf die Uhr. Das erste Training nach den Ferien. Er durfte nicht zu spät kommen.

»Ich muß los.«

Seine Mutter nahm Messer und Gabel von ihrem Teller und schob ihn unter seinen.

»Paß auf, daß das kleine Fräulein nicht schmutzig wird«, ermahnte sie ihn mit einer Kopfbewegung zu dem Mehlbaby hin. »Setz sie irgendwohin, wo nichts passieren kann.«

Simon war entsetzt. »Ich kann es doch nicht mit zum Fußballspielen nehmen!«

»Nicht es, Simon. Sie.«

Gereizt fegte er den Scherz beiseite.

»Wie soll ich sie denn mit zum Fußballspielen nehmen?«

»Du mußt sie mitnehmen, Simon. Das steht in den Regeln, die du aus der Schule mitgebracht hast.«

Simon suchte verzweifelt nach einem Vorwand, um sie nicht mitnehmen zu müssen.

»Das geht nicht! Da sind doch nicht nur Leute aus unserer Klasse! Von uns sind nur ich und Wayne in der Mannschaft. Die anderen können sie doch alle sehen! Die lachen sich ja tot! Die zerreißen uns in der Luft!«

»Sie brauchen sie ja nicht zu sehen.«

»Mum!« War die Frau denn noch nie in einem Umkleideraum gewesen? Wußte sie nicht, daß einem die eigene Sporttasche dort nicht mehr gehörte? Man konnte von Glück sagen, wenn man nur ein einziges Mal in der ganzen Saison davonkam, ohne daß einem irgendein Witzbold die Sachen durchwühlte, die Unterhose herauszerrte und sie mit einem Riesenspektakel beschnüffelte und in der Luft herumwirbelte oder sich auch nur das Deodorant auslieh oder die Buskarte klaute.

Nach seiner Schätzung bemaß sich die Lebenserwartung eines Mehlbabys in einem Umkleideraum nach Minuten.

Oder weniger.

»Du mußt drauf aufpassen, Mum.«

»Ich?«

»Nur solange ich weg bin.«

Sie setzte ihr Kommt-nicht-in-Frage-Simon-Gesicht auf.

»Kommt nicht in Frage, Simon. Ich bin selbst bis neun weg. Wenn du glaubst, ich nehm' deine Hausaufgaben mit –«

Simon faßte einen Entschluß.

»Dann bleibt sie eben hier. Das wird ihr schon nichts ausmachen. Da kann gar nichts passieren. Macpherson sperr' ich ins Wohnzimmer, damit er nicht auf ihr herumkaut oder sonstwas. Das geht bestimmt.«

Ein Funkeln glomm im Auge seiner Mutter. Ein belustigtes? Ein interessiertes? Ein verschmitztes? Er wußte es nicht.

»Und was ist mit Regel 5?«

Regel 5? Die Schnüffler! Simon schnappte sich die Liste mit den Regeln und kämpfte sich noch einmal durch Regel 5.

»Bestimmte Personen (die erst nach Beendigung des Experiments genannt werden) machen es sich zur Aufgabe, über das Wohlergehen der Mehlbabys und die Einhaltung der oben genannten Regeln zu wachen. Es kann sich dabei um Eltern, Mitschüler, Angehörige des Lehrkörpers oder Außenstehende handeln.«

Angehörige des Lehrkörpers! Bestimmt wußte Old Carthorse, daß er Fußball spielte. Was hatte er heute morgen gesagt, als er ihm das Mehlbaby zugeworfen hatte? »Bist du nicht eine von den Sportskanonen hier?« Vielleicht würde er es sich zur Aufgabe machen, herumzuschleichen und die Umkleideräume zu durchstöbern, um nach seinem und Waynes Baby zu sehen.

Und Mitschüler. Vielleicht hatte er auch jemanden beauftragt, sie beide zu überwachen. Vielleicht war Jimmy Holdcroft, der alte Schleimer, insgeheim als Spitzel angeworben worden. Passen würde es jedenfalls zu ihm, den Schnüffler zu spielen.

Und Außenstehende. Nebenan bewegten sich ständig die Vorhänge. Die Frau war die geborene Spionin. Sie würde sich mit Freuden mit dem Feind verbünden. Für Mrs. Spicer eine Selbstverständlichkeit.

Nein. Letzten Endes war man vor niemandem sicher. Man wußte nicht mal, ob man seiner eigenen Mutter trauen konnte ...

Sein Blick fiel wieder auf die Schnüfflerregel. »Es kann sich dabei um Eltern handeln ...«

Langsam, wie beiläufig, wandte er sich um und sah sie an. Dieses Funkeln! Es war noch immer in ihrem Auge!

Doch nein, das war unmöglich. Nicht seine eigene Mutter. Allein schon die Idee war lächerlich.

Obwohl –

Sie taten alles, diese Eltern, wenn sie glaubten, es sei gut für ihre Kinder oder für deren Erziehung. In dieser Hinsicht hatte sie überhaupt keinen Stolz. Wußte er nicht aus leidvoller Erfahrung, daß es keine Tiefen gab, in die sie nicht zu sinken imstande war? Über die Jahre hatte sie alles versucht, um zu erreichen, daß er besser in der Schule wurde. Drohungen. Bestechung. Sogar Strafen. Sie hatte sein Taschengeld gestrichen. Sie hatte ihn unter Hausarrest gestellt. Sie hatte geschrien. Sie hatte gebettelt. Manchmal hatte sie sogar geweint. (Das war das Schlimmste.)

Ihn zu bespitzeln war ein Klacks. Ein Nichts für eine Mutter wie sie. Sie schaffte das mit links.

Er konnte ihr nicht trauen. Nein, er konnte ihr nicht trauen.

Seufzend nahm Simon sein Mehlbaby vom Tisch und

wickelte es vorsichtig in sein Tottenham-Cracks-Handtuch, so daß nur die Augen herausschauten.

»Okay«, sagte er. »Los geht's! Dein erstes Fußballtraining. Ich muß dir ja hoffentlich nicht sagen, wie du dich zu benehmen hast. Und unterwegs werd' ich dir wohl die ganzen Regeln erklären müssen.«

Mrs. Martin ging ans Fenster, um ihrem Sohn nachzuschauen, wie er mit großen Schritten den Weg hinunterging und dabei einem kleinen, in ein Tottenham-Cracks-Handtuch gewickelten Mehlsack mit Häubchen und Augen die Regeln des Fußballspiels erklärte. Sie bemerkte, daß sie nicht die einzige war, die ihm nachsah. Nebenan bewegten sich die Vorhänge. Mrs. Spicer beobachtete ihn ebenfalls.

Und Simon sah es auch. An der Gartentür drehte er sich um und entdeckte, daß im Haus nebenan die goldenen Samtvorhänge in der stillen Luft zitterten. Er unterbrach seine Erklärung des Unterschiedes zwischen einem indirekten Freistoß und einer Ecke, beugte sich näher zu seinem Mehlbaby und flüsterte in den Mehlsackzipfel, der für ihn ihr Ohr war: »Man kann niemandem trauen, verstehst du? Niemandem. Jedenfalls nicht hier in dieser Gegend.«

4

W*umm . . . Wumm . . . Wumm . . . Wumm . . .*

Mr. Fullers Brüllen tönte über den ganzen Fußballplatz zu Simon herüber.

»Nicht treten, Junge, streicheln sollst du ihn!«

Es war Simons letzte Runde. Dabei hatte er noch Glück gehabt. Letztes Jahr war jeder in der Mannschaft, der so spät zum Training kam, zu fünfzig Liegestützen verdonnert worden. Im Vergleich dazu war es ein Kinderspiel, den Ball dreimal um den Platz zu dribbeln. Der alte Fuller schien auf die weiche Tour einzuschwenken.

Wumm . . . Wumm . . . Wumm . . . Wumm . . .

»Hast du Watte in den Ohren, oder was? Du trainierst hier keinen Torabstoß! Du mußt den Ball behutsam führen! Halt ihn unter Kontrolle. Ich will das Gummiband sehen, das ihn an deinem Fuß festhält.«

Es war nicht seine Schuld, daß er zu spät gekommen war, es war Waynes Schuld. Wenn Wayne ihn nicht durch die leeren Klassenzimmer geschleift hätte, um wegen dieser Tipp-Ex-Flasche die Fächer in den Pulten zu durchwühlen . . .

Aber es war ein Riesenspaß gewesen. Nur schade, daß er nicht mit den anderen im Umkleideraum sein konnte, um Froggies Gesicht zu sehen, wenn er entdeckte, was jetzt auf seiner Fußpuderdose stand: *Tötet Sportler.*

Genial.

Es war Waynes Idee gewesen, das Wort *Fußpilz* in *Tötet Sportlerfußpilz ab* zu überpinseln. Simon aber hatte gemeint, das ›ab‹ müsse ebenfalls weg. Er war sich nicht sicher gewesen. Es war nur so eine Ahnung, und Ahnungen stimmten ja manchmal. Wie war das noch gewesen, als er in Englisch nach vorn kommen und neben Miss Arnotts Pult stehen mußte, weil er Quatsch gemacht hatte? Sie war gerade dabei, einen Aufsatz von Gwyn Phillips zum Thema »Meine Sommerferien« zu korrigieren, und murmelte etwas vor sich hin. Dann hob sie die Stimme und fragte gereizt:

»Was ist denn das für ein Unsinn, den du da geschrieben hast, Gwyn? ›Die Italiener sind alle rücksichtslos und feindlich‹?«

Gwyn Phillips hatte verblüfft dreingeschaut. Was sollte er dazu sagen? Er war überhaupt nicht in den Ferien gewesen. Er hatte das ganze, ohne weiter darüber nachzudenken, von Bill Simmons abgeschrieben. Doch Simon hatte über Miss Arnotts prachtvoll sommerferiengoldenen Arm hinweg in Gwyns Heft gespäht und etwas anderes gelesen.

»Ich glaub', da steht ›Die Italiener sind alle rücksichtsvoll und freundlich‹, Miss.«

Phänomenal. Ein Volltreffer! Zum Dank traf ihn ein Strahl von Miss Arnotts herrlichem Lächeln, und er wurde unter Beifallsstürmen an seinen Platz zurückgeschickt, gebeugt unter der Last seines Glorienscheins.

Ja, mit Ahnungen konnte man richtig liegen. Nur schade, daß sie heute so wertvolle Minuten verloren hatten, als sie noch einmal zurückgegangen waren und dieses ›ab‹ überpinselt hatten. Und Wayne hatte die Sache auch nicht gerade beschleunigt, als er auf dem Hin- und Rückweg den ganzen Korridor entlang seine *Glöckner-von-Notre-Dame*-Nummer abgezogen hatte. Was jedoch am meisten Zeit gekostet und Simon seine Strafrunden eingebracht hatte, das war die Suche nach einem sicheren Platz für die Mehlbabys gewesen.

Wayne hatte den Vorschlag gemacht, sie hinter die Rohre der Toilettenspülung zu schieben. »Da sieht sie niemand«, hatte er, rittlings auf einer Toilettentrennwand sitzend, zu Simon hinabgerufen. »Schmeiß sie rauf, Sime!«

Verstohlen wickelte Simon Waynes Mehlbaby aus dem T-Shirt, in dem Wayne es versteckt hatte, und reichte es ihm hinauf. Wayne wollte es gerade zwischen die Rohre klemmen, als Simon ihn plötzlich fragte: »Ist es da oben auch sauber?«

Wayne blinzelte hinab wie eine Eule in den Schein einer Taschenlampe.

»Sauber?«

»Ja. Sind die Rohre sauber?«

»Menschenskind, Sime!«

Doch Simon stieg bereits auf die Brille und zog sich neben Wayne die Trennwand hoch. Er fuhr mit dem Finger über das untere der beiden Rohre.

»Total voll Dreck! Das muß erstmal gründlich saubergemacht werden!«

»Sime! Jetzt nerv doch nicht! Wir sind sowieso schon zu spät dran!«

»Das dauert doch bloß 'ne Minute.«

Simon glitt die Trennwand wieder hinab und tauchte unter das nächste Waschbecken, um nach einem Lappen zu suchen.

»Sime . . .«

»Moment, Wayne. Da muß doch irgendwo ein Lappen sein.«

»Sime! Gib mir mein Puppendingsda rauf! Los!«

»Nicht zu fassen! Zehn Klos, zehn Waschbecken und kein Lappen! Ich mein', ich bin ja nicht pingelig, aber es wär' doch –«

»Jetzt reicht's aber, Sime!«

Wayne ließ sich auf den Boden hinunter, nahm sein Mehlbaby, kletterte wieder hinauf und zwängte es zwischen die Rohre.

»Da wird's doch schmutzig, Wayne!«

Doch Wayne hörte nicht zu. Er wischte sich die Finger an seinem Trainingsanzug ab und strebte der Tür zu.

»Tschüs, Sime! Viel Spaß bei den Liegestützen!«

Simon nahm sein eigenes Mehlbaby aus seiner Sporttasche. »Komm, mein Schatz«, sagte er, »wir gehen raus, da stinkt's nicht so. Wir suchen dir ein schönes Plätzchen, an der frischen Luft.«

Der Platz, für den er sich entschied, war ein Busch, ein paar Meter hinter einem der beiden Tore, das noch im vollen Sonnenschein lag. Er schob das Mehlbaby zwischen das etwas spärliche Laub und hoffte verzweifelt, sie würde für seine Mannschaftskameraden, die bereits im Kreis standen und einander zum Aufwärmen den Ball zukickten, einfach nur wie ein Handtuchbündel aussehen. Mr. Fuller beobachtete ihn vom Rand des Spielfeldes aus, mit drohenden Blicken und verschränkten Armen. Doch Simon ließ sich Zeit und klemmte das Baby fest zwischen die Zweige. Mr. Fuller war noch das kleinste seiner Probleme. Wenigstens konnten jetzt die Schnüffler nicht auf ihm herumhacken. Das Mehlbaby war da, in Sichtweite, sauber und wohlbehalten. Mr. Fuller mochte ihn mit fünfzig Liegestützen dafür bestrafen, daß er zu spät gekommen war. Wenn Simon aber aus dem Mehlbaby-Projekt flog, verpaßte er die Glorreiche Explosion.

Und die würde, soviel wußte er, genial werden. Ein paarmal, seit Mr. Cartright die Mehlbabys verteilt hatte, waren Simon Zweifel gekommen. Er dachte daran, daß er das Gespräch im Lehrerzimmer irgendwie nicht richtig gehört oder falsch verstanden haben könnte. Und selbst wenn das nicht der Fall war, blieb immer noch eine Frage: Lohnte sich das ganze überhaupt? Schließlich war es im allgemeinen nicht gerade Simons Art, sich eine ganze Unterrichtsstunde hindurch mit einem Projekt zu beschäftigen, geschweige denn drei volle Wochen lang. Würde irgendeine – konnte irgendeine Explosion, die Mr. Cartright zu bieten hatte, die Mühsal lohnen, dieses Mehlbaby mit sich herumzuschleppen, es sauberzuhalten, und das über geschlagene einundzwanzig Tage seines Lebens?

Ja. Ja, es konnte, und es würde. Hatte er es nicht vom Fachmann selbst gehört, von Dr. Feltham? Während Simon zu den anderen rannte, um beim Aufwärmen mitzumachen, wappnete er sich gegen Mr. Fullers Gesichtsausdruck, indem er sich ins Gedächtnis zurückrief, was am Nachmittag auf dem Schulkorridor passiert war. Er ließ es noch einmal vor seinem geistigen Auge ablaufen, wie eine Lieblingsszene aus einem Video. Mr. Cartright hatte auf der Heizung vor der Klassenzimmertür gesessen und offenkundig nichts Anstrengenderes zu tun gehabt, als den Knoten in seinen Schnürsenkeln zu bewundern. Das ganze bot das Bild einer außerplanmäßigen Pause: der Lehrer untätig draußen im Korridor, die Klasse drinnen, ein Chaos heraufbeschwörend. Doch wer im letzten Schuljahr so oft zu spät in Miss Arnotts Klasse geschlendert war wie Simon, der wußte, was diese Konstellation zu bedeuten hatte. Mr. Cartright ruhte sich nicht etwa aus. Er lauschte. Gleich würde er losschlagen. Er blieb nur deshalb noch eine Weile draußen, weil er sich überlegen wollte, welchem von den Rabauken er mit dem größten Genuß einen Strafaufsatz verpassen würde.

Für Simon war diese Gepflogenheit nichts Neues. Gleich würde Mr. Cartright sein schweres Gestell von der Heizung hieven, sich an die Tür schleichen, tief Luft holen und sie auf der anderen Seite der Tür mit einem solchen Gebrüll wieder ausstoßen, daß die arme Miss Arnott nebenan vor Schreck fast vom Stuhl fallen würde.

Simon glitt hinter die Ecke zurück und wartete. Von Carthorses Standpunkt aus, so vermutete Simon, war es um so besser, je weniger Strafaufsätze er auszuteilen hatte. Wie Simon war auch er kein großer Leser. Wenn Simon jetzt auf der Bildfläche erschien, würde er augenblicklich Carthorses Beute werden. Wartete er aber, bis das bedauernswerte Opfer feststand, dann konnte er vielleicht noch durch die Tür und an seinen Platz spurten, solange der Betreffende mit seinem »Wer? Ich, Sir? Sir! Wieso ich? Das ist ungerecht!« für Aufruhr sorgte.

Jedenfalls lohnte es sich, das Risiko einzugehen.

Simon stand lässig gegen die Wand gelehnt und wartete. Und so bekam er Dr. Feltham und seinen Troß williger Helfer (für Simon »Kriecher«) zu Gesicht, die gerade um die Biegung des Korridors kamen, hoch beladen mit all den komplizierten, sperrigen Geräten, ohne die Dr. Feltham in den letzten Wochen vor seiner großen Naturwissenschaftsschau nicht eine einzige fünfundvierzigminütige Unterrichtsstunde mehr auszukommen schien.

Simon krümmte sich in einem vorgetäuschten Hustenanfall. Dr. Feltham und sein Troß rauschten vorbei, und Simon hörte gerade noch rechtzeitig auf zu husten, um mitzubekommen, was Dr. Feltham im Vorübergehen zu seinem noch immer auf der Heizung sitzenden Kollegen sagte.

»Ein Knalleffekt zum Schuljahresbeginn, was, Eric?«

Mr. Cartright bedachte Dr. Feltham mit einem giftigen Blick, doch Simons Zweifel waren behoben, seine Sorgen verflogen. Dr. Feltham war schließlich berühmt für seine einzigartigen Detonationen. Um seine explodierenden Puddingdosen beneidete ihn jeder. Wenn jemand von seinem Ruf im voraus einen großen Knall bewunderte, den Mr. Cartright plante, dann war der Fall endgültig klar. Es würde ein grandioses Experiment werden.

Simons Lächeln zog sich bei diesem Gedanken bis zur Verzückung in die Breite. Und jetzt, als er den Fußball durch den Kreis zu Wayne hinüberkickte, wurde es von neuem breiter. Es war, so dachte Simon, ein bißchen wie eine der Verheißungen Gottes im Alten Testament, für die Leute, mit denen er Ärger gehabt hatte . . . ein Bund! Sie hatten in der siebten Klasse einen ganzen Kurs darüber gemacht. Regenbögen, Sintfluten, tote Kinder und all sowas. Und daß Dr. Feltham genau in dem Moment den Korridor entlangkam und seine Bemerkung machte, als Simon zufällig dort stand, das war ebenfalls eine Art Bund. Ein privater Bund zwischen der Explosion und Simon ...

Unterhalb seines linken Ellenbogens tauchte Mr. Fuller auf.

»Etwas weggetreten heute, was?« begann er einigermaßen freundlich, als Simon erschrocken den nächsten Paß verpfuschte. »Keine Uhr angehabt, wie?«

Zwecklos, irgendwas zu sagen, dachte Simon. Mr. Fuller würde nur in neue Schimpftiraden ausbrechen, weil Simon seine Unterwäsche in den Büschen ringsum hängen ließ. Und dann würde es brenzlig für das Mehlbaby.

Simon scharrte bedauernd mit dem Fuß und schwieg. Zum Glück stießen genau in diesem Moment Froggie Hines und Saul Epstein zusammen und rollten in einem unentwirrbaren Knäuel über den Boden.

Simon bekam eine weitere Strafe aufgebrummt.

»Drei volle Runden am Schluß, wenn ich bitten darf. Und den Ball streicheln, nicht treten!«

Dann wandte er sein dröhnendes Organ den beiden anderen zu.

»Hines! Nimm den Fuß aus Sauls Ohr! Steh auf, Junge! Hol den Ball!«

Simon nutzte die Gelegenheit und machte sich davon, in die Sicherheit der Torauslinie. Zumindest um die Liegestütze war er herumgekommen. Und der Rest des

Trainings war erträglich, weil es zwei kurze Unterbrechungen gab, eine, als Fruzzy Woods einen Riesenanpfiff bekam, weil er durch die Hecke hindurch seiner Freundin Lucinda zugewunken hatte, die andere ein paar Minuten später, als Mr. Fuller Lucinda ein zweitesmal erspähte und den nächsten Einwurf unterbrach, um sie mit Beschimpfungen zu überschütten.

So war es eigentlich nicht allzu schlimm, daß Simon noch bleiben und den Ball dreimal um das Spielfeld dribbeln mußte, nachdem alle anderen bereits in die Umkleideräume gegangen waren. Er versäumte zwar einen Riesenspaß: Froggies entgeisterte Miene, wenn er seine Fußpuderdose nahm und, von Wayne angetrieben, ihre jetzt soviel inhaltsschwerere Aufschrift las. Doch Simon konnte sich seinen Gesichtsausdruck leicht vorstellen, und Wayne würde ihm später alles haarklein erzählen. Warum also vermasselte er seine Runden so? Warum gehorchten ihm seine Füße nicht?

Wumm . . . Wumm . . . Wumm . . . Wumm . . .

»Wo hast du nur deinen Kopf, Junge? Du sollst nicht auf den Ball einhämmern. Du sollst behutsam damit umgehen, wie mit einem Baby!«

Daß Mr. Fuller von Babys redete, machte es nur noch schlimmer. Verwirrt schaute Simon über die Schulter zurück zu dem Busch, an dem er gerade vorbeigerannt war. War es der richtige? Wo war das Mehlbaby? Steckte der kleine Sack noch fest zwischen den Zweigen, oder hatten die anderen ihn bemerkt, als sie vom Platz gestürmt waren? Vielleicht hatte Wayne ihn ja verpfiffen! War sie noch da, gut eingepackt und quietschvergnügt, oder hatten sie

sie herausgezerrt? Machten sie sich vielleicht jetzt gerade einen weiteren Riesenspaß und kickten sie wie einen Fußball durch die Umkleideräume?

Froggie würde am härtesten zutreten. Sie würde dabei draufgehen!

In seiner Sorge verfehlte Simon den Ball vollends.

Postwendend schallte das Gebrüll über den Rasen.

»Soll das ein Witz sein, Simon Martin? Ich find' das ganz und gar nicht witzig!«

Um ein Haar hätte er wieder danebengetreten. Das konnte doch nicht wahr sein! Er mußte nicht einmal richtig schießen, er mußte nur dribbeln! Und trotzdem war er völlig außerstande, sich zu konzentrieren. Wie sollte man auch seine Füße in die richtige Richtung kriegen, wenn man den Kopf voll mit Horrorvisionen hatte, was dem Mehlbaby alles zustoßen konnte? Zu dumm, daß Mr. Fuller ihn nicht aus den Augen ließ, sonst hätte er sich umdrehen und, auf Zehenspitzen tänzelnd, richtig nachsehen können, ob das Mehlbaby noch in dem Busch war. Es war bestimmt noch da, unversehrt und gut eingemummelt. Nur hätte er sich eben besser konzentrieren können, wenn er es genau gewußt hätte.

Da er aber Mr. Fullers Zorn nicht erneut auf sein Haupt laden wollte, drehte Simon sich nicht um. Er schaute weiter nach vorn, und während er lief, stieg eine Horrorvision nach der anderen in ihm auf. Sein Mehlbaby mit dem Gesicht nach unten in einem der schmierigen Waschbecken schwimmend und immer weiter abwärts sinkend, je mehr es sich mit Wasser vollsog! Froggie, der sich einen Filzstift auslieh und sich im Gedanken an die unbefugt an seiner Fußpuderdose vorgenommenen Veränderungen – Rache ist süß – über ihr Gesicht hermachte: eine Nase, ein zahnlückiges Lächeln, zwei Boxerohren – und Schlimmeres! Und – die grauenvollste Vorstellung von allen – Jimmy Holdcroft, der mit dem Fuß ausholte, im Begriff, seinen brutalen, spektakulären Torschuß an ihr zu demonstrieren, während sie wehrlos auf dem Boden des Umkleideraums lag.

Simon stürzte vorwärts. Ist es das, fragte er sich, was die Leute durchmachen, wenn sie ihr Baby im Kinderwagen vor einem Geschäft stehenlassen? Kein Wunder, daß sie immer so grimmig dreinschauten, daß sie drängelten und schubsten, nur um schnell wieder hinauszukommen. Kein Wunder, daß man dauernd mit ihnen zusammenstieß, auf Rolltreppen und in Türen, wenn sie wild entschlossen ihre Sportwagen durchzwängten, wo offensichtlich keine Sportwagen durchpaßten.

Sein Fuß verfehlte den Ball erneut, und er rollte vorbei.

»Ich beobachte dich mit Argusaugen, Simon Martin! Mach weiter mit diesem Theater, und du hast deine Liegestütze weg!«

Noch zehn Meter bis zur Ecke. Dann, endlich, würde er den Kopf drehen und aus dem Augenwinkel einen Blick auf den Busch werfen können. Eins hatte er gelernt: Ein Fußballtraining zu absolvieren und gleichzeitig ein Mehlbaby im Auge behalten zu wollen war zwecklos. Niemand kann zwei Sachen auf einmal machen. Bekam man das nicht ständig zu hören? »Du kannst dich nicht auf deine Arbeit konzentrieren, wenn du aus dem Fenster starrst!« Und: »Man kann nicht gleichzeitig reden und zuhören. Wenn du redest, dann hörst du nicht zu.« Das war eine ihrer regelmäßig wiederkehrenden Allzweckmeckereien.

Seine Mutter machte da keine Ausnahme. »Bei dem Radiogeplärr kannst du doch nicht richtig Hausaufgaben machen, Simon.« Oder: »Mach dir deinen Toast oder spiel mit dem Hund – entweder, oder. Beides zugleich geht nicht. Das ist jetzt die vierte Scheibe, die in Flammen aufgeht!« Sie wußte, daß er nicht zwei Dinge gleichzeitig tun konnte. Das ganze wäre nicht passiert, wenn sie bereit gewesen wäre, auf das Mehlbaby aufzupassen, solange er nicht da war. Schließlich hatte sie ihn ganz allein großgezogen, da mußte sie doch wissen, wie das war. Es mußte ihr doch klar gewesen sein, daß dieses Fußballtraining ein kompletter Reinfall werden würde. Hatte sie schon die vielen Abende vergessen, als sie ihn mit in ihren Badminton-Club genommen hatte? Eine Qual war das gewesen. Er erinnerte sich noch, wie er immer wieder die Rückseite seiner nackten Beine von diesen gräßlichen Plastik-Schalensitzen abgezogen hatte, um sich über die Brüstung zu beugen und hinunterzurufen: »Wann gehen wir denn endlich?« Und jedesmal tönte die gleiche Antwort vom Spielfeld herauf: »Einen Moment noch, Simon, wir sind gleich fertig.«

Dann saß er weitere fünfzehn Stunden, wie es ihm schien, auf seinem Platz, langweilte sich zu Tode und fragte schließlich: »Kann ich schon mal vorausgehen, Mum?«

»Simon, bitte! Es dauert nicht mehr lange. Das ist das letzte Spiel.«

Das mochte ja sein. Aber sobald sie aufhörten zu spielen, tat Mums Partnerin Sue jedesmal so, als wären Simons Qualen und seine Rastlosigkeit etwas, was man am besten ignorierte, wie Mücken oder Regen, und schleifte seine Mutter durch den Clubraum, um »schnell noch was zu trinken«, wie sie es nannte. Wenn Simon dann auch nur den Mund auftat, um sich zu beklagen, bekam er zusammen mit seiner Cola einen Rüffel spendiert.

»Simon, bitte! Das Spiel war anstrengend, und ich hab' Durst. Es dauert nur ein paar Minuten. Jetzt hab doch Geduld!«

Er saß am Nebentisch und rührte mit dem Strohhalm mißmutig die Luftbläschen aus seiner Cola, während Sue und seine Mutter drauflos schnatterten: »Ihr Mann ...« »Mein Vater ...« »Ihre Nachbarn ...« »Seine Tochter ...« Er sah sich zum hundertstenmal im Clubraum um. Niemand in seinem Alter. Niemand an den Automaten, neben die er sich hätte stellen können. Niemand, mit dem er in den Toiletten hätte herumalbern können.

Er hängte sich über die Trennwand zwischen den beiden Tischen.

»Warum kann ich denn nicht allein zu Hause bleiben?«

»Bald kannst du das, Schatz. Sobald du alt genug bist.«

»Wir können doch einen Babysitter nehmen!«

»Simon! Es ist doch nur einmal in der Woche! Und nur eine Stunde! Das ist praktisch das einzige Mal, daß ich aus dem Haus komme, das weißt du doch. Jetzt nerv mich nicht!«

Und da war er schon neun oder zehn gewesen. Sie brauchte nicht einmal mehr auf ihn aufzupassen. Er fiel nicht von einem Busch herunter in den Schmutz oder wurde gekidnappt und in den Umkleideräumen kaputtgekickt ...

Endlich war er um die letzte Kurve! Jetzt konnte er die Bescherung sehen. War das wirklich sein Mehlbaby, noch immer wohlbehalten im Busch versteckt? Sah das Handtuchbündel noch genauso unförmig aus wie zuvor, als er es zwischen die Zweige geschoben hatte? Oder hatten ...?

Wieder rollte der Ball ungehindert zwischen seinen Füßen durch.

»Ich warne dich, Martin! Noch einen Meter so idiotisch weiter, und du hängst fünfzig Liegestütze hintendran!«

Für einen allein war das nicht zu schaffen, soviel war klar. Um für ein Mehlbaby zu sorgen, mußte man zu zweit sein. Man brauchte einen Ersatzmann. Einen Reservespieler. Einen, der abends nichts Besonderes vorhatte. Das hatte seine Mutter selbst oft genug gesagt, wenn sie keinen Babysitter fand oder sich keinen leisten konnte. Es wäre sehr viel einfacher gewesen, wenn sie zu zweit gewesen wären, das stand fest. Komischerweise hatte er nie gehört, daß sie sich seinen Vater zurückwünschte (außer das eine Mal, als sie am Fußende seines Bettes gestanden und ziemlich sauer gesagt hatte: »So. Mumps. Schade, daß dein Vater nicht da ist, um dich zu pflegen ...«).

Aber Simon hatte ihn vermißt. Nein, natürlich nicht persönlich. Man konnte nicht jemanden vermissen, den man gar nicht kannte und von dessen Gesicht man nur ein ziemlich verschwommenes Bild hatte. Die Person, die Simon vermißte, hatte er sich selbst ausgedacht. Dunkel und mit gelocktem Haar, so wie auf den wenigen unscharfen Fotos, die er in irgendwelchen Schubladen gefunden hatte. Und mit einer wunderbaren Singstimme, wie selbst seine Großmutter zugab. »Ein herrlicher Tenor! Wenn er aus voller Kehle sang, dann bogen sich die Balken.« Die blauen Augen mit den Lachfältchen aber und die kräftigen Hände, das Strahlen und das geniale Wurf- und Fangtalent hatte Simon hinzugefügt. Lange Stunden hatte er als Kind damit zugebracht, sich vorzustellen, wie sein Vater zurückkam. Irgendwann würde er es sich anders überlegen. Er würde einfach vor der Tür stehen, ohne jede Ankündigung, und er und Mum würden es noch einmal miteinander probieren. Und diesmal würde es klappen. Er würde bleiben wollen. Jeden Nachmittag, wenn Simon auf dem Nachhauseweg von der Grundschule die Wilberforce Road entlangschlenderte, ließ er den Gedanken an seinen Vater freien Lauf. Er würde mit ausgestreckten Armen an der Gartentür stehen. Er würde Simon zurufen, er solle sich beeilen. Und Simons Füße würden die Pflastersteine erzittern lassen, bis er endlich das letzte Haus hinter sich hatte und sich in diese starken Arme warf.

Fünf Meter vor der Ecke verlangsamte Simon seine Schritte, um den Traum noch einen Moment festzuhalten. Und dann, so wie er seinen Vater vor sich hatte erstehen lassen, löschte er ihn wieder aus. Wischte ihn fort, bevor er in seine eigene Straße einbog. Es war ein Trick, den er sich angeeignet hatte, damit nicht die Enttäuschung in ihm aufstieg, wie Tränen, und ihm die Freude des Nachhausekommens verdarb.

Einmal hatte er aber doch geweint. Er hatte nicht anders können. Er war ein Knirps gewesen, mein Gott, erst sechs oder so. Sechsjährige weinten doch dauernd. Er spielte die Hauptrolle im Weihnachtsspiel, den Josef. Er hatte seinen Text gelernt und trug einen scharlachroten Umhang, der so imposant hinter ihm her schleifte, daß Miss Ness mehr als einmal meinte, sie müsse ihn Simon wieder abnehmen und einem der drei Könige geben. Jedesmal, wenn er sich in den Umhang hüllte, vernahm er gleichsam Trompetenschall. In fiebernder Erregung wartete er auf den großen Tag.

Und dann kam Mum nicht. Er hatte gewußt, daß sie vielleicht nicht kommen würde, denn als sie Mrs. Spicer am Morgen gebeten hatte, ihn zur Schule zu bringen, war sie schon wacklig auf den Beinen gewesen, hatte fürchterlich gehustet, und ihre Augen hatten getränt. Im Laufe des Vormittags hatte er es offenbar geschafft, sich einzureden, daß sie trotz allem kommen würde, denn als es soweit war und Miss Ness ihn auf die Bühne hinausschob, hatte er als erstes die Reihen der Gesichter abgesucht und sich verzweifelt gewünscht, sie zu entdecken.

»Wenn ich's schaffe, sitz' ich direkt neben der Tür«, hatte sie ihm versprochen.

Und da saß Sue. Komisch – er hatte sich bis jetzt nie klargemacht, daß Mum sich im letzten Moment die Treppe hinuntergeschleppt haben mußte, um Sue anzurufen. Und daß Sue alles hatte stehen- und liegenlassen, daß sie sich einen ganzen Nachmittag von ihrer Arbeit freigenommen hatte und durch die Stadt gerast war, nur um auf dem Platz zu sitzen, den Mum ihr genannt hatte, direkt neben der Tür – nur damit jemand für ihn da war.

Aber es war nicht dasselbe. Und während der kurzen Pause zwischen den Auftritten hatte Miss Ness, mit Hyacinths riesigem Alufolienstern kämpfend, einen Moment lang vergessen, wie die Dinge lagen.

»Halb so schlimm«, sagte sie. »Ist dein Dad da?«

Kaum hatte sie die Worte ausgesprochen, bemerkte sie ihren Fehler. Aber es war zu spät. Er zerfloß in Tränen. Sie zog ihn auf ihren Schoß und tätschelte ihn. Aber es half nicht. Die Tränen rollten über seine Wangen herab und wollten nicht aufhören zu fließen. Doch dann waren schon zu viele Minuten vergangen. Die Pause konnte nicht ewig dauern. So mußte Simon es hinnehmen, daß sie die Sicherheitsnadel öffnete und den scharlachroten Umhang Hamid umlegte, der damit geprahlt hatte, daß er schon am ersten Tag alle Texte auswendig gekonnt habe.

Wumm!

Er versetzte dem Ball einen wütenden Tritt.

»Da, Dad«, keuchte er, »der ist dafür, daß du nicht da bist.«

Er trat noch härter zu.

»Nie!«

Wumm! Wumm! Wumm!

Er hörte Mr. Fuller hinter sich herdonnern, aber es war ihm egal.

Wumm! Wumm!

»So, Simon Martin! Jetzt reicht's!«

Wumm!

Am letzten Stück der Strecke angekommen, holte Simon aus und versetzte dem Ball einen so gewaltigen Tritt, daß er über das Dach der Umkleideräume flog.

»Der ist für dich, Dad«, rief er. »Danke für nichts!«

Später wurde ihm bewußt, daß er für die Strafe dankbar war. Schließlich war er mehr als fit und konnte leicht noch fünfzig Liegestütze anhängen. Die zusätzliche Anstrengung betäubte sogar den Schmerz. Das beste aber war, daß sie Zeit kostete. Nicht mehr als ein paar Minuten zwar, selbst wenn er die Liegestütze gleichmäßig und korrekt ausführte, aber genug, fast auf die Sekunde genug, um das böse Glitzern in seinen Augen verschwinden zu lassen.

5

Hast du dir wirklich so etwas darunter vorgestellt?«

Mr. Cartright hatte Dr. Feltham beim Verlassen der Lehrertoiletten abgefangen und ihm einen Papierstapel in die Hand gedrückt, den Dr. Feltham jetzt durchblätterte.

»Komm schon«, drängte Mr. Cartright, »lies eins.«

Dr. Feltham betrachtete verdutzt den Namen, der auf das schmuddelige oberste Blatt gekritzelt war.

»Simon Martin? Ist das nicht einer von meinen?«

»Nein«, erwiderte Mr. Cartright gereizt, »der, der bei dir ist, heißt Martin Simon. Du mußt den Jungen doch kennen – besteht Prüfungen, liest, Baudelaire sogar, all sowas. Das hier ist Simon Martin, einer von meinen. Drückt sich die halbe Zeit in den Toiletten herum, die andere Hälfte schlappt er durch die Gegend und tut so, als hätte er nicht alle Tassen im Schrank.«

Dr. Feltham konnte sich nicht enthalten, seinen Kollegen für dessen unprofessionelle Ausdrucksweise zu tadeln.

»Du meinst wohl, Eric, er hat noch nicht sein volles geistiges Potential entfaltet.«

»Sag' ich doch«, beharrte Mr. Cartright. »Läuft herum und benimmt sich wie ein Schwachsinniger.«

Keinen Meter von ihnen entfernt, hinter der Tür zur Jungentoilette, ging Simon Martin in die Hocke und vergrub den Kopf in den Händen, während Dr. Feltham sich durch die geballten Hindernisse krakeliger Schrift und erbarmungswürdiger Rechtschreibung ackerte und die erste Seite seines Mehlbaby-Tagebuchs vorlas.

1. Tag
Ich finde die ganze Idee, ein Mehlbaby mit sich herumzuschleppen, vollkommen idiotisch, weil das Baby ja nicht einmal schreit oder ißt oder die Windeln vollmacht.

Trotzdem war meins den ganzen Tag der totale Klotz am Bein.

Ich fand es wirklich gemein von meiner Mutter, daß sie nicht einmal läppische zwei Stunden auf mein Mehlbaby aufgepaßt hat, als ich beim Fußballspielen war. Dabei hat sie jede Menge Übung im Aufpassen auf andere Leute. Auf mich hat sie 122 650 Stunden aufgepaßt, wenn Fosters Taschenrechner richtig funktioniert. Und ich muß eine ziemliche Lautstärke draufgehabt haben, Unmengen gegessen und Riesenschweinereien gemacht haben. Vielleicht hat mein Dad es deshalb nur mickrige 1008 Stunden bei uns ausgehalten. Foster sagt, darum ist er 121,6765mal gemeiner als meine Mum, aber ich glaube, Foster hat ein paarmal die falschen Tasten gedrückt.

Dr. Felthams Reaktion war für Simon ein noch größerer Schock als für Mr. Cartright.

»Aber das ist ja fabelhaft, Eric! Einfach fabelhaft! Sieh doch nur, wieviel der Junge schon gelernt hat! Bereits am ersten Tag hat er erfaßt, daß, selbst wenn drei der größten Belastungen der Elternschaft entfallen, die Pflichten immer noch immens sind. Er hat etwas über seine eigene frühkindliche Entwicklung gelernt. Und er hat sich in Zusammenarbeit mit diesem Foster sogar an ein paar arithmetische Operationen herangewagt.«

Hinter der Tür hob Simon den Kopf von den Händen und starrte verblüfft die Wand an. Hatte er richtig gehört? War das ein Lob?

Draußen blickte Dr. Feltham wieder auf die mühevoll beschriebene Seite nieder.

»Interessant, daß sein Mehlsack für ihn bereits weiblichen Geschlechts ist. Was hältst du davon, Eric?«

Doch er war zu gespannt, um Mr. Cartrights Kommentar abzuwarten, und begann, Simons zweite Seite zu entziffern.

2. Tag
Heute hat Macpherson plötzlich so komisch geschaut und sich dann mein Mehlbaby geschnappt und hinten im Garten ein bißchen auf ihr herumgekaut. Mum meint, ich kann von Glück sagen, daß unser Hund so einen sauberen Sabber hat und daß fast alles wieder rausgegangen ist. Wenn ich mal in echt ein Baby habe, dann wird es auf jeden Fall gegen Tollwut geimpft.

Ich lasse Macpherson nicht mehr aus den Augen.

Dr. Feltham wedelte mit dem Blatt in der Luft herum.

»Siehst du?« frohlockte er. »Siehst du, Eric? Am zweiten Tag lernt er etwas über die fleckenbildende Eigenschaft von Speichelabsonderungen der Kaniden auf organischem Gewebe –«

»Hundesabber auf Sackleinwand!«

In seinem Enthusiasmus entging Dr. Feltham Mr. Cartrights offener Hohn.

»Genau!« pflichtete er bei. »Und nicht nur das. Er hat auch bereits begonnen, die vitale Bedeutung des Impfschutzes in früher Kindheit zu reflektieren.«

Er tippte mit dem Zeigefinger auf das Blatt.

»Und es würde mich nicht wundern, Eric, wenn der Bursche sich auch schon die Mühe gemacht hätte, sich über die ersten Symptome der Tollwut zu informieren. Wie sollte er sonst wissen, worauf er bei Macpherson achten muß?«

Hinter der Tür verwandelte sich Simons verblüffte Miene in einen Ausdruck des Stolzes. Es kam nicht oft vor, daß seine Arbeit gelobt wurde. Genaugenommen konnte er sich jetzt, da er darüber nachdachte, gar nicht erinnern, daß es überhaupt schon einmal vorgekommen war. Vielleicht hätte er in Dr. Felthams Klasse bleiben sollen, wo man seine Fähigkeiten möglicherweise angemessen gewürdigt hätte. Zu dumm, daß dann dieser Martin, dieser Streber, dahergekommen war und ihn gleich am ersten Vormittag hinausbugsiert hatte. Was spielte es schon für eine Rolle, wie herum man seinen Namen schrieb? Martin Simon, Simon Martin – das war doch gehupft wie gesprungen!

Von neuem Selbstvertrauen beflügelt, wiegte sich Simon erwartungsfroh auf den Fersen, während Dr. Feltham auf der Suche nach der dritten Seite seines Tagebuches mit den losen Blättern raschelte.

3. Tag
Heute hat Hooper sich mein Mehlbaby geschnappt und damit Quatsch gemacht, und da habe ich ihn einen Unmenschen genannt und bin auf seinem Pausenbrot herumgetrampelt. In dem Moment kam Mr. Cartright hereingeschnauft, hat mein Mehlbaby vor dem Untergang gerettet und uns beide zum Nachsitzen verdonnert.

Nicht mich und das Mehlbaby. Mich und Hooper.

Hinter der Tür senkte Simon den Blick auf den Fliesenboden. Zum erstenmal in seinem Leben tat es ihm leid, daß er nicht ein bißchen mehr getan, sich nicht ein bißchen mehr angestrengt hatte. Er kam sich vor, als hätte er Dr. Feltham irgendwie im Stich gelassen. Und mit leiser Beschämung hörte er die enttäuschten Töne durch die Tür: »Tja, zugegeben, gestern hat er sehr viel weniger gelernt. Aber sei's drum, Eric. Wir müssen uns mit der Hoffnung zufriedengeben, daß der Bursche sein Nachsitzen so sinnvoll wie nur irgend möglich nutzt.«

Seine Schritte entfernten sich den Korridor hinab, nur hin und wieder übertönt von Mr. Cartrights geräuschvollem, verächtlichem Schnauben, als er in entgegengesetzter Richtung davonging. Simon trat leise auf den Korridor hinaus, wo er den Stapel der Mehlbaby-Berichte vergessen auf dem Bord über der Heizung liegen sah. Da er nicht sofort ins Nachsitzzimmer gehen wollte, um nur ja nicht pünktlich dort einzutreffen und damit seinen Ruf aufs Spiel zu setzen, lehnte er sich an die Wand und begann zu blättern.

Sajids Bericht schien ihm am leichtesten zu lesen, weil

er die Geschichte schon im Garderobenraum gehört hatte, mehrmals sogar, was eine ganz gute Starthilfe war.

3. Tag
Heute habe ich mein Mehlbaby im Bus mitgenommen. Ich hatte es mir unter den Arm geklemmt, damit es nicht im Weg war, aber dann hat mich so eine alte Oma gezwungen, mich hinzusetzen und es auf den Schoß zu nehmen. Die ganze Foleshill Road entlang hat sie es gestupst und angequasselt. Wahrscheinlich war sie nicht ganz dicht. Aber an der Augenklinik ist sie dann ausgestiegen.

Hoffentlich kriege ich nie so schlechte Augen.

Das Blatt darunter stammte von Russ Mould. Simon versuchte, die ersten paar Wörter zu entziffern, was sich jedoch als schwieriger erwies als die *Anders-angeordnet-ergeben-diese-Buchstaben-die-Namen-von-fünf-Gemüsesorten*-Aufgaben in den Rätselheften, für die seine Mum vor der langen Busfahrt zu Gran jedesmal Zeit und Geld verschwendete.

Schließlich gab er es auf und wandte sich Rick Tullis' Machwerk zu. Er fand es erstaunlich leicht zu lesen, vielleicht weil er und Tullis, was Handschrift wie auch Rechtschreibung anbelangte, offensichtlich ein paar Tricks gemeinsam hatten.

1. Tag
Ich habe gleich gesagt, daß ich nicht mehr kommen würde, wenn wir das mit den Babys machen, und wenn Mr.

Henderson mich nicht beim Einkaufen gesehen hätte, wäre ich heute überhaupt nicht da. Morgen komme ich ganz bestimmt nicht. Und übermorgen auch nicht. Und ...

Es war Rick Tullis plötzlich wieder eingefallen, daß der tägliche Eintrag eine Mindestlänge von drei Sätzen haben mußte, und da er seine Pflicht erfüllt sah, hatte er an dieser Stelle abrupt abgebrochen.

Simon überflog Tullis' kurzen, mürrischen Bericht noch einmal. Vielleicht war ihm von Dr. Felthams großmütigem Lob noch warm ums Herz, vielleicht kam der Blitz der Erkenntnis auch aus heiterem Himmel. Jedenfalls wurde ihm, während er auf Rick Tullis' armseliges, knausriges Gekritzel schaute, plötzlich klar, warum die Lehrer jeden, der nur das Nötigste tat, so mit Verachtung straften. Er begriff, warum die Schulstunden in schöner Regelmäßigkeit mit ihren Ausrufen des Ärgers und der Pein gespickt waren.

»Glaub mir, George Spalder, mein Problem ist es nicht, wenn du keine Hausaufgaben machst. Es ist dein Problem.«

»Für mich, Tullis, ist diese weiße Seite nur ein weiteres Stück Papier, das ich nicht mit nach Hause nehmen und korrigieren muß. Für dich allerdings ist es ein weiterer weißer Fleck in deinem Hirn.«

»Natürlich habe ich nicht eigens gesagt, daß du die Hausaufgaben machen sollst, Luis. Ich pflege nun mal nicht zu sagen ›Alle haben die Hausaufgaben zu machen, das gilt auch für Luis Pereira‹.«

Plötzlich gewann das alles einen Sinn für Simon. Er erkannte den Todesmut der Lehrer. Ihr tapferes Herz. Ihre unbeirrbare Zielstrebigkeit. Entschlossen machten sie weiter, Schuljahr um Schuljahr, und versuchten das Beste aus ihren Schülern herauszuholen. Und was war der Erfolg? Was war der Dank? Simon dachte mit Entsetzen daran, wie oft er (und viele andere) diese aufopfernden Heiligen in Menschengestalt durch schludrige Arbeiten wie diese beleidigt hatte. Wie hatte er nur so undankbar sein können? Es war unverzeihlich. Augenblicklich gelobte Simon Besserung. Als erstes würde er Dr. Felthams sehnliche Hoffnung erfüllen und die Zeit im Nachsitzzimmer sinnvoll nutzen. Energisch packte er den Mehlbabyberichtestapel wieder auf das Bord über der Heizung, raffte seine Schultasche auf und ging mit großen Schritten durch den Korridor davon. Nicht einmal am Schwarzen Brett blieb er stehen, um wie sonst ein paar kleine Comicfiguren auf die Aushänge der Woche zu malen.

Miss Arnott hörte die Tür bedrohlich in den Angeln rütteln und blickte auf. Als sie sah, daß es Simon war, konnte sie ein Seufzen nicht unterdrücken. Er hatte oft genug bei ihr nachgesessen, und da sie über seinen Sinneswandel nicht im Bilde war, konnte sie nur eines denken: daß seine Ankunft wie üblich das Ende ruhigen Korrigierens bedeutete, das Ende des Friedens.

Sie lehnte sich auf ihrem Stuhl zurück und wartete, womit er seine Vorstellung beginnen würde. Natürlich würde er Hooper eins mit der Schultasche überziehen, als kleine Erinnerung an dessen Beitrag zu der Schurkerei – welcher auch immer –, die sie hierhergebracht hatte.

Als nächstes, zum Aufwärmen, vielleicht das *Bleistiftdrama.* Das lärmende, streitbare Ausleihen des Stiftes, dann – in natürlicher Reihenfolge – dessen Anspitzen, gefolgt von seinem klappernden Hinunterfallen, der demonstrativen Bleistiftjagd über den Fußboden, einem erneuten Anspitzen und schließlich dem Schnipsen der abgebrochenen Spitze gegen die Fensterscheibe. Wenn das *Ping* ertönte, würde von Miss Arnott erwartet werden, daß sie gerade rechtzeitig aufblickte, um zu sehen, wie der Bleistift endlich benutzt wurde – zu einem Trommelwirbel auf dem Pultdeckel.

Es sei denn, er gab heute eine ihrer Lieblingsnummern zum besten: die *Blutige Zunge.* Das letztemal, als sie Simon Martin beaufsichtigt hatte, hatte er einiges an Mühen und Schwierigkeiten auf sich genommen, um soviel Tinte aus seinem Füller zu saugen, daß seine Zunge sich rot verfärbte. Diese blutige Monstrosität hatte er den ganzen Rest der Stunde aus dem Mund hängen lassen, und obwohl ihr der Appetit auf ihr belegtes Brot vergangen war, hatte sie sich doch köstlich amüsiert. Insgeheim hoffte Miss Arnott, sie würde auch heute wieder in den Genuß der *Blutigen Zunge* kommen.

Am besten aber gefiel ihr seine *Rip-van-Winkle*-Nummer.

Die fand sie unglaublich entspannend. Simon flegelte sich dazu über das Pult, gähnte ein paarmal gewaltig und tat dann so, als fiele er in einen so tiefen Schlaf, daß ihn die nächsten hundert Jahre niemand mehr würde aufwecken können. Von Zeit zu Zeit (immer wenn er fürchtete, sie hätte ihn vergessen) begann er zu schnarchen: ein sachtes, fernes Röcheln, das immer mehr anschwoll, bis jede Lunge voll Luft mit solcher Wucht ausgestoßen wurde, daß die Fensterscheiben klirrten. Gerade wenn Miss Arnott sich um die Stabilität des Gebäudes zu sorgen begann, ließ er ein gigantisches Grunzen ertönen und tat so, als sei er von selbst aufgewacht. Er sah mit leeren Blicken um sich und schmatzte wie ein alter Mann. Dann lümmelte er sich wieder über sein Pult und inszenierte die ganze Vorstellung von Anfang bis Ende noch einmal.

Ja, *Rip van Winkle* war ihre Lieblingsnummer. Was sie nicht mochte, war der *Brabbelnde Idiot.* Sie hatte ihn so oft gesehen, daß er sie langweilte. Simon saß dann an seinem Pult und schnitt groteske Grimassen. Ab und zu brach er in ein irres Gelächter oder ein wildes Gemurmel aus, und manchmal sabberte er auch. Miss Arnott hoffte, es würde diesmal nicht der *Brabbelnde Idiot* sein, griff aber für alle Fälle in ihre Tasche, um sich zu vergewissern, daß sie ihr Aspirin dabeihatte.

Ihre Hand erstarrte. Vor ihren Augen – träumte sie, geschah es wirklich? – durchquerte Simon Martin den Raum, ohne Hooper auch nur eines Blickes zu würdigen. Er ging zu dem Pult, das von den drei anderen Übeltätern, die sie zu beaufsichtigen hatte, am weitesten entfernt war, zog den Stuhl zurück, holte sein Mehlbaby, einen Block und einen Füller aus seiner Schultasche und setzte ohne jedes Aufhebens das Mehlbaby vor sich auf den Pultdeckel, tätschelte ihr liebevoll den Kopf und machte sich dann unverzüglich an die Arbeit.

Miss Arnott zwinkerte.

»Simon?« flüsterte sie. »Ist alles in Ordnung, Simon?«

Er sah auf.

»Wie bitte?«

Es klang fast wie ein milder Tadel, so als hätte sie ihn in einem wichtigen Gedankengang unterbrochen.

»Ich wollte nur wissen, ob alles in Ordnung ist.«

Er starrte sie an.

»Ja, alles in Ordnung. Warum?«

Sie schüttelte den Kopf.

»Nur so.«

Sie hätte beim besten Willen nicht sagen können, warum. Außer, daß es nicht normal war. Das heißt, normal war es natürlich schon, aber genau das war nicht in Ordnung. Wenn Simon Martin sich normal verhielt, dann war das nicht normal.

Vielleicht war der Junge ja krank, vielleicht hatte er Fieber. Oder einen Schock. Womöglich hatte er gerade erfahren, daß seine Mutter unter einen Lastwagen gekommen war oder einen tödlichen Stromschlag erlitten hatte oder in einem Kanal ertrunken war oder –

Miss Arnott versuchte sich zusammenzunehmen und dem Strom ihrer Schreckensphantasien Einhalt zu gebieten. Ein Schüler mußte sich schließlich ruhig hinsetzen und sich mit einer schriftlichen Arbeit beschäftigen können, ohne daß seine Lehrerin gleich dachte, er brauche einen Krankenwagen oder seine Mutter befinde sich bereits in einem!

Sie versuchte, sich wieder ihren Korrekturen zuzuwenden, aber es ging nicht. Sie konnte sich einfach nicht konzentrieren. Immer wieder mußte sie von ihren Heften aufblicken und nachsehen, was Simon Martin machte.

Was schrieb er nur so eifrig? Er schien Seite um Seite vollzuschreiben. Sie hatte ihn volle zwei Jahre in Englisch unterrichtet, und in der ganzen Zeit hatte sie nicht ein einziges Mal erlebt, daß er in einer Doppelstunde mehr als eine halbe Seite schaffte. Wer oder was konnte den Jungen dazu gebracht haben, heute so eifrig draufloszukritzeln?

Miss Arnott mußte es einfach wissen. Sie stahl sich vom Pult fort und schlich auf ihren Gummisohlen lautlos durch den Raum, bis sie direkt hinter Simon stand. Sie beugte sich vor, um ihm über die Schulter zu schauen. Und da zum Arsenal ihrer beruflichen Fähigkeiten auch zwei Jahre des Dechiffrierens von Russ Moulds Arbeiten gehörten, bereitete es ihr nicht mehr die geringsten Schwierigkeiten, Simons krakelige Schrift und seine eigenwillige Orthographie zu entziffern.

4. Tag

Früher, als ich noch nicht dauernd dieses idiotische Mehlbaby mit mir herumschleppen mußte, habe ich mir nie überlegt, wie es gewesen sein könnte, wenn mein Vater auf mich aufpassen mußte. Als ich Mum fragte, hat sie gesagt, er hätte es gar nicht schlecht gemacht. Er hätte mich nie auf den Kopf fallen lassen oder mit dem Gesicht nach unten in der Badewanne schwimmen lassen, wenn er ein Handtuch holen ging, oder sonst etwas in der Art.

Nur ist er eben nicht dageblieben.

Ich habe schon früher gefragt, warum er weggegangen ist. Mum und Oma sagen immer, es hätte nichts mit mir zu tun gehabt, es sei nicht meine Schuld gewesen, und es wäre so oder so irgendwann passiert. Aber gestern abend habe ich Mum gefragt, wie er weggegangen ist, und als sie mich wie üblich abwimmeln wollte, habe ich sie nicht gelassen.

Simon hielt inne. Er wußte nicht recht, wie er das Weitere beschreiben sollte. Mum hatte die Augen verdreht, wie immer, wenn ein Gespräch sie zu nerven begann.

»Wie oft muß ich dir das denn noch sagen, Simon? Ich weiß nicht, warum er gegangen ist.«

»Aber ich frag' doch gar nicht, warum, ich will wissen, wie.«

»Wie?«

»Ja, wie. Wie ist er gegangen? Was hat er gesagt? Was hast du gesagt? Gab's einen Riesenkrach? War Oma dabei?«

Er beugte sich über den Tisch.

»Du sollst mir ja nicht sagen, was in seinem Kopf los war. Ich will was anderes wissen.«

Er sah, daß sie nahe daran war, sich geschlagen zu geben, und nutzte seinen Vorteil.

»Ich hab' ein Recht darauf, es zu wissen.«

Sie langte über den Tisch und tätschelte ihm die Hand.

»Ich weiß, ich weiß.«

Aber sie sprach nicht weiter. Doch Simon ließ nicht locker. »Du hast mit ihm Schluß gemacht, stimmt's? Und er hat ein für allemal mit uns Schluß gemacht. Er ist verschwunden, hat nie Geld geschickt und nicht mal geschrieben. Wetten, nach der ganzen Zeit würde ihn nicht mal mehr ein Privatdetektiv finden?«

Er zog seine Finger unter ihrer Hand hervor.

»Aber ich bin noch nicht fertig mit ihm. Da gibt's ein paar Sachen, über die ich mir Gedanken mache. Die ich wissen will. Und das ist eine davon.«

Er blickte auf seine lädierten Knöchel nieder, den Tränen nahe.

»Bitte, Mum, erzähl mir von dem Tag, an dem er gegangen ist.«

Und sie erzählte – erzählte ihm alles –, bis hin zu dem, was sein Vater an dem Tag zum Frühstück gegessen hatte und was er angehabt hatte, sogar was für Grobheiten er über die Leute in der Wohnung nebenan gesagt hatte, als ihr Hund wie immer den Briefträger anbellte. Sie erzählte ihm, was sein Vater an jenem Vormittag alles gemacht hatte und was sie zu Mittag gegessen hatten. Sie erinnerte sich sogar noch, daß Sue vorbeigekommen war und er gewitzelt hatte, sie brauche wohl ihren gewohnten Samstagnachmittagsschuß Babyknuddeln.

»Das Baby war ich.«

»Ja, du.«

Sie breitete die Arme aus, wie jemand, der einen Polizisten von seiner Unschuld zu überzeugen versucht.

»Wirklich, Simon«, sagte sie, »an dem Tag war alles wie immer. Nichts war irgendwie ungewöhnlich. Soweit man im nachhinein sagen konnte, war dein Dad weder schlecht gelaunt oder eifersüchtig, noch hat er sich ausgeschlossen gefühlt oder sonst etwas. Nachdem er verschwunden war, dachten wir alle, es sei etwas Furchtbares passiert, ein Verkehrsunfall oder so. Erst später haben wir uns zusammengereimt, daß er irgendwann am Nachmittag die große blaue Tasche gepackt und sie aus einem Fenster in den Hinterhof abgeseilt haben muß. Er hatte nichts bei sich, als er wegging. Er hatte die Hände in den Hosentaschen und pfiff. Wir dachten, er geht ein Bier holen oder einen Schokoladenriegel oder sonst etwas. Aber er muß ums Haus herumgegangen sein, die Tasche genommen haben und zur Bushaltestelle gegangen sein – alles genau rechtzeitig, um den letzten Bus nach London zu erwischen.«

Sie lächelte ihn traurig an.

»Als deine Oma das gehört hat, ist sie natürlich ausgerastet.«

Jetzt konnte sich auch Simon ein Lächeln nicht verkneifen. Das konnte er sich vorstellen. Oma am Telefon, nachdem ihr Schwiegersohn verduftet war.

»Ein Vulkan!«

Seine Mutter nutzte die Gelegenheit und stand auf. Sie hoffte offensichtlich, daß das Gespräch beendet sei.

Doch Simon hatte noch eine letzte Frage.

»Was hat er denn gepfiffen?«

Sie wandte sich um und sah ihn an.

Er wiederholte seine Frage.

»Was hat er gepfiffen? Was für eine Melodie hat er gepfiffen, als er mit den Händen in den Hosentaschen aus dem Haus gegangen ist?«

Sie schüttelte den Kopf.

»Ach, Simon! Wie soll ich das jetzt noch wissen?«

Er wollte nicht so weit gehen, es ihr zu sagen, aber er verstand beim besten Willen nicht, weshalb es ungewöhnlicher sein sollte, sich an so etwas zu erinnern als daran, ob jemand an dem Tag, an dem er zur Tür hinaus, die Straße hinunter und für immer aus dem Leben der Seinen ging, Cornflakes oder Müsli zum Frühstück gegessen hat. Die Melodie, die er gepfiffen hatte, mußte doch viel wichtiger sein. Vielleicht war sie ja der Schlüssel zu dem, was er gedacht hatte. Und was dachte jemand, der nur ein paar Jahre älter war als Simon, wenn er davonging, um woanders ein neues Leben anzufangen? Was pfiff er? »Das Herz ist ein Vagabund«? »Mein Weg, so einsam und so weit«? »Er zog in die große Stadt und kam nie mehr zurück«?

Und jetzt, in dem stickigen Nachsitzzimmer, fielen ihm die Lieder, die ihm in den Sinn gekommen waren, eins nach dem andern wieder ein und schwirrten ihm im Kopf herum, während sein Füller über das Papier eilte und in stetem Fluß alles, was seine Mutter ihm am Abend zuvor erzählt hatte, in das Mehlbaby-Tagebuch eintrug. Liedfetzen drängten sich als ein leises Pfeifen durch seine zusammengebissenen Zähne, doch Miss Arnott ließ ihn gewähren. Er tat es ja nicht, um die anderen zu stören. Er schien gar nicht zu merken, daß er pfiff. Und da er so vertieft war, konnte sie weiter auf leisen Sohlen ihre Runden durch den Raum drehen und ihm von hinten über die Schulter spähen, um die letzten Sätze zu lesen, die er geschrieben hatte.

Und das Komischste von allem, was Mum erzählt hat, war, daß mein Vater an dem Tag nicht einmal angeödet oder mieser Laune war. Und deshalb sieht das ganze irgendwie so aus, als wäre es ihm gar nicht so sehr darum gegangen, uns zu verlassen, sondern darum, etwas Neues anzufangen, was er sich damals gerade gewünscht hat. Und noch etwas ist mir klargeworden. Mir ist klargeworden, daß mein Dad, wenn ich damals noch nicht auf der Welt gewesen wäre, jetzt einfach nur ein alter Freund von Mum wäre, einer von denen, die sie total vergessen hat. Wenn ich nicht wäre, wüßte sie heute wahrscheinlich nicht mal mehr genau, wie er hieß, und erst recht nicht, wie er ausgesehen hat und was er zum Frühstück gegessen hat.

Wenn ich nur wüßte, was er gepf . . .

Es klingelte.

Miss Arnott sprang zurück, damit Simon, wenn alle sich auf ihren Stühlen umdrehten und sie hoffnungsvoll anschauten, nicht merken würde, daß sie seinen Text gelesen hatte.

»Können wir?«

»Ja, ab mit euch.«

Simon packte seine Sachen in die Tasche und strebte der Tür zu, aber er tat es nicht mit der gewohnten Eile. Miss Arnott ergriff die Gelegenheit, um ihn anzusprechen.

»Simon –«

Er drehte sich um.

Sie wußte nicht recht, wie sie es sagen sollte, ohne ihn zu kränken. Schließlich meinte sie nur freundlich:

»Du hast ja heute eine Unmenge geschrieben.«

Er zuckte die Schultern.

Sie nahm einen neuen Anlauf.

»Manche brauchen einfach Zeit, bis sie anfangen, etwas für die Schule zu tun. Die sogenannten Spätentwickler. Sie trödeln jahrelang herum und sehen keinen Sinn in der ganzen Sache. Und eines Tages fällt dann auf einmal der Groschen, und es fängt sogar an, ihnen Spaß zu machen.«

Sie wartete.

Simon schwieg.

Sie wußte, sie konnte es ebensogut lassen. Aber aus purer, brennender Neugierde mußte sie es ein letztesmal versuchen.

»Meinst du, bei dir könnte das heute so gewesen sein?«

Simon inspizierte seine riesigen Füße. Er bereute es zwar nicht, daß er während der ganzen Zeit, in der sie ihn beobachtet hatte, alle Energie in seine Arbeit gesteckt hatte, aber von seinem anfänglichen Enthusiasmus war jetzt nicht mehr viel und von seiner Zerknirschung gar nichts mehr übrig. Er fühlte sich wie eine leere Tintenpatrone, verbraucht und ausgelaugt. Einen Moment lang spielte er noch mit dem Gedanken, ein neuer Mensch zu bleiben, ein wiedergeborener Simon, der gewissenhaft seine Hausaufgaben machte und sie pünktlich ablieferte, der seine Mittagspausen in der Bibliothek verbrachte und mit seinen Lehrern des langen und breiten seine Arbeitsprojekte erörterte. Die vergangenen vierzig Minuten waren schließlich gar nicht so übel gewesen. Auch wenn ihm die Hand weh tat und seitlich an seinem Finger, da, wo er den Füller gehalten hatte, eine rote Druckstelle war (allerdings ein Klacks im Vergleich zu dem lädierten Zustand, in dem er sich bereits nach zehn Minuten Fußballspielen befand). Aber was Simon an den letzten vierzig Minuten nicht gefiel – was er ganz schrecklich fand – das war, daß sie vorbei waren. Für immer vorbei. Wusch! Einfach so. Und er war so vertieft gewesen, daß er gar nicht gemerkt hatte, wie sie vergingen. Vierzig Minuten lang hatte er sich wie einer von diesen Strebern in den anderen Klassen benommen, die Sorte, die von der letzten Seite ihres Buches aufblickt und sich wundert, daß es inzwischen dunkel geworden ist.

Nein. Das ganze Leben konnte einem so durch die Finger rinnen, wenn man nicht aufpaßte. Man mußte mächtig auf der Hut sein.

Miss Arnott sah ihn noch immer hoffnungsvoll an. Und Simon hatte Miss Arnott schon immer sehr gern gehabt. Er wollte nicht derjenige sein, der ihren romantischen Lehrertraum zerstörte. Er scharrte mit den Füßen und gab sich alle Mühe, diplomatisch zu sein.

»Kann sein«, sagte er. Und dann noch einmal, in etwas bestimmterem Ton: »Kann sein.«

Und um zu verhindern, daß sie ihm weiter zusetzte, machte er, daß er hinauskam.

Draußen im Korridor sah sich Simon von etwas, was im ersten Moment wie ein Mini-Panzerwagen aussah, an die Wand gedrückt.

Dahinter stand Sajid und grinste dümmlich.

»Was soll denn das sein?« fragte Simon.

Sajid zog das Vehikel ein Stück zurück, so daß Simon sich befreien und es genauer betrachten konnte.

»Siehst du doch! Ein Kinderwagen.«

»Und warum hat der acht Räder?«

Sajid verdrehte die Augen.

»Weil es eigentlich zwei Kinderwagen sind, darum. Mit Sicherungsdraht zusammengebunden, den Tullis für mich geklaut hat.«

»Und wofür soll das gut sein?«

»Für die Mehlbabys.« Sajids Augen leuchteten. »Überleg doch mal, Sime. Was schätzt du, wie viele Mehlbabys man in den vorderen Wagen reinkriegt, ohne daß eins rausfällt?«

Simon holte sein Mehlbaby aus seiner Schultasche und setzte es hinein, wie eine Königin.

»Zehn ungefähr«, sagte er nach kurzer Überlegung. »Man müßte sie ein bißchen quetschen, aber rausfallen würden sie nicht.«

»Genau!« frohlockte Sajid. »Zehn im vorderen und neun im hinteren. In die beiden zusammengebundenen Wagen passen alle neunzehn Mehlbabys.«

»Ja?«

Sajid verlor die Geduld.

»Mensch, sitzt du auf der Leitung, Sime? Das ist ein Kindergarten auf Rädern. Eine Krippe!«

»Sieht eher nach Krüppel aus.«

Sajid begann zu schieben. Da die beiden Wagen starr miteinander verbunden waren, ließen sie sich nicht um die Ecke bugsieren, und Sajid sah sich unter Simons lautstarker, aber unsystematischer Anleitung zu einem komplizierten Wendemanöver gezwungen.

»Das ist doch der Witz an dem ganzen!« beharrte er, als sie schließlich auf gerader Strecke davongingen. »Je mehr Babys ich reinquetschen kann, desto mehr Geld krieg' ich.«

Simon stand vor einem Rätsel.

»Geld?«

Sajids Blick wurde starr.

»Aus purer Nächstenliebe mach' ich das bestimmt nicht«, erklärte er streng. »Wenn ich die Verantwortung übernehme, dann nehm' ich auch Geld. Geschäft ist Geschäft.«

Doch Simon meinte verächtlich: »Jetzt mach aber mal halblang, Sajid. Da interessiert sich doch kein Mensch dafür. Kein Mensch.«

»Und ob die sich dafür interessieren!« klärte Sajid ihn vergnügt auf. »Zehn Namen hab' ich schon auf meiner Liste, und drei müssen heute abend erst noch ihre Finanzen checken, um zu sehen, ob sie sich's leisten können –«

Wumm!

Simon war mit Dr. Feltham zusammengestoßen, der in einem solchen Tempo um die Ecke gebogen war, daß er nicht mehr rechtzeitig hatte bremsen können. Simon war auf das Schlimmste gefaßt. Einen gigantischen Anpfiff. Noch mehr Nachsitzen. Fünfzig Zeilen Strafarbeit. Doch als Dr. Feltham wieder zu Atem gekommen war, strich er nur um das seltsame achträdrige Gefährt herum, musterte dessen sichtbare Merkmale und schätzte seine Eigenschaften ab.

»Erstaunlich!« Er drehte sich zu der kleinen Schar seiner Gefolgsleute um, die mit Laborgeräten beladen hinter ihm herzuckelten. »Was für ein Zufall! Erst heute morgen haben wir die Gelenkverbindungen bei Fahrzeugen erörtert, und schon begegnet uns hier auf dem Korridor ein perfektes Beispiel für das, was ich zu erklären versucht habe. Ihr seht, daß bei einer starren rechteckigen Struktur von solchen Proportionen und –« Er brach ab, um einen kurzen Blick unter die Kinderwagen zu werfen.

»Acht Räder –«

Beunruhigt hielt er erneut inne.

»Was ist denn das?« fragte er und deutete auf den Draht. »Etwa Dreißig-Ampere-Sicherungsdraht? Doch hoffentlich nicht aus einer von Mr. Highams Werkstätten!«

Dann, ohne eine Antwort abzuwarten, führte er seine Getreuen weiter den Korridor hinab, noch immer machtvoll dozierend über Mysterien wie Ansteuerungswinkel und unterschiedliche Geschwindigkeiten und Beschleunigungen.

Simon und Sajid lehnten sich an die Wand und sahen ihnen nach. Sajid war erleichtert, daß Dr. Feltham Tullis' Diebstahl von zehn Metern Sicherungsdraht nicht voll erfaßt hatte, und Simon war beruhigt, daß seine Entscheidung, keiner von den Strebern zu werden, genau richtig gewesen war. Im Augenblick war er sich seiner Sache wieder sicher.

Ein paar Augenblicke sahen sie den anderen noch schweigend nach. Dann, als der letzte aus Dr. Felthams Troß um die Biegung verschwand, stieß Sajid Simon an.

»Traurige Gestalten ...«, sagte er und schüttelte den Kopf.

»Traurige Gestalten«, echote Simon.

Energisch schüttelten sie die Düsterkeit ab, in die das wenige, was sie von Dr. Felthams Stegreiflektion über Gelenkverbindungen verstanden hatten, sie auf unerklärliche Weise gestürzt hatte. Gemeinsam schoben sie den Wagen den Korridor hinab, um draußen ein Gelände mit starkem Gefälle zu suchen und sich zur Aufheiterung einen Riesenspaß zu machen.

6

Am 11. Tag drehte Robin Foster durch und kickte sein Mehlbaby in den Kanal. Es ging fast sofort unter. Drei Tage zuvor, beim zweimalwöchentlichen Wiegen, war alles noch in bester Ordnung gewesen. Sein Mehlbaby hatte weder durch Mißhandlung an Gewicht verloren noch durch Feuchtigkeitseinwirkung an Gewicht zugenommen. Aber am 11. Tag, auf dem Heimweg von der Schule, brannten bei Robin die Sicherungen durch, und das Ergebnis waren ein paar Luftblasen, die an die Wasseroberfläche aufstiegen, und eine Reihe neugieriger Gesichter, die in die schmutzigschwarzen Fluten des Kanals spähten.

»Das war der Todesstoß!«

»Total den Bach runter!«

»Du *und* das Baby ...«

»Warum hast du das getan?«

Doch Robin schien keine Erklärungen abgeben zu wollen.

»Ich konnte einfach nicht anders, kapiert?«

»Nein«, sagte Simon und zog seinem eigenen Mehlbaby das Mützchen zurecht, »kapier ich nicht. Kapier ich überhaupt nicht.«

Robin warf ihm einen bitterbösen Blick zu.

»Vielleicht ist dein Mehlbaby ja ein ganzes Stück pflegeleichter als meins.«

»Quatsch!« gab Simon verächtlich zurück, obwohl er insgeheim dachte, daß Robin recht haben könnte. Sein eigenes Mehlbaby hatte so eine Art, mit ihren großen Kulleraugen in die Welt zu schauen, die es einem leicht machte, für sie zu sorgen. Oft ertappte er sich dabei, daß er vertraulich mit ihr plauderte. »Gemütlich da unten?« fragte er sie zum Beispiel, wenn er sie auf seine halb ausgeräumte Schultasche setzte. »Schön da oben?«, wenn er sie oben auf das Garderobenbord setzte (der einzige Platz, wo Macpherson nicht an sie herankam). Mit Hilfe seines Mehlbabys an einer Glorreichen Explosion mitzuwirken würde zwar nicht ganz einfach sein, aber das ganze würde doch zumindest etwas Ungewöhnliches, Erhabenes werden. Es war ihm unvorstellbar, sie einfach in den Kanal zu kicken.

»Warum hast du das bloß getan?« fragte er noch einmal.

Wäre Simon der einzige Neugierige gewesen, hätte Robin seine Frage einfach überhört. Schließlich wußte inzwischen jeder in der Schule, wie närrisch Simon Martin mit seinem Mehlsack war. Aber auch die anderen drei faßten Robin scharf ins Auge. Gwyn Phillips war sogar von seinem Fahrrad abgestiegen. Alle standen sie da und warteten auf eine Antwort. Wie ein Rudel Schakale, dachte er, die einem armen, verletzten Rehkitz auf den Leib rücken.

»Ich weiß nicht, warum ich's getan hab'«, antwortete er gereizt. »Ich hab' eben durchgedreht. Ich hatte einfach die Nase voll von dem blöden Ding, das mich den ganzen Tag anglotzt.«

»Deins hat doch gar nicht geglotzt.« Simon konnte sich

den Hinweis nicht verkneifen. »Es hatte doch gar keine Augen.«

Robin drehte sich zu ihm um.

»Jetzt halt doch die Klappe, Sime! Bei dir ist ja alles okay! Dir macht's nichts aus, wenn du dich wie ein Vollidiot benimmst. Über dich lacht ja auch keiner! Jemand, der so groß ist wie ein Gorilla, den nimmt natürlich keiner auf den Arm, wenn er einen Sechspfundsack Mehl unterm Kinn krault und ihm Wiegenlieder vorsingt ...«

»Moment mal, Foster ...«

Aber Robin war so sauer, daß er nicht mehr zu bremsen war.

»Bei dir ist alles okay, du Riesenaffe. Mit dir legt sich keiner an. Aber was ist mit uns?«

»Yeah!«

»Genau!«

»Foster hat recht.«

Simon drehte sich zu der Verräterbande hinter ihm um.

»Sagt bloß, ihr seid auf seiner Seite!«

Es sah ganz danach aus.

Wayne Driscoll ergriff als erster das Wort.

»Robin hat recht. Ich hab' meins auch satt. Ich hab's satt, es dauernd mit mir rumzuschleppen und es sauber und trocken zu halten. Ich hab's satt, daß es trotzdem immer dreckiger wird, auch wenn ich's nicht mal anschaue! Ich hab's satt, daß ich's für eine halbe Stunde irgendwo schön ordentlich hinsetze, und nachher ist es praktisch schwarz. Ich kann dir sagen, ich bin nah dran, meins auch in den Kanal zu kicken.«

Simon versuchte es mit Vernunft.

»Gib's doch in Sajids Krippe! Da bleiben sie sauber und trocken.«

Doch Wayne hatte die Antwort schon parat.

»Von welchem Geld denn? Ich schulde denen nebenan noch was für ihren Kohlenkasten, den ich mir ausgeliehen hab'.«

Simon versuchte es mit Geduld.

»Sieh mal, Wayne«, sagte er, »Luis' Mutter läßt Luis nie wieder eine Geisterhausparty machen. Nach der Riesenschweinerei vom letztenmal bestimmt nicht. Also wirst du den Kohlenkasten eine ganze Weile nicht mehr als Sarg benutzen. Gib ihn doch einfach zurück!«

»Wie denn?« versetzte Wayne höhnisch. »Jetzt, wo er kaputt ist. Und außerdem, wenn er nicht mal vier Lemuren und einen Vampir aushält, ohne an allen Ecken zu krachen, wie sollen denn dann noch Kohlen rein?«

Seine Miene verdüsterte sich.

»Das sagen die von nebenan jedenfalls. Ein neuer Kohlenkasten oder ein Gang zur Polizei. Also kauf' ich ihnen einen neuen Kohlenkasten.«

»Das sagen die von nebenan jedenfalls.«

Simon suchte noch immer nach einer Lösung.

»Du könntest Sajid das Geld ja schuldig bleiben.«

Diesmal konnte Wayne nicht anders: Er lachte Simon ins Gesicht.

»Jetzt halt mal die Luft an, Sime! Wenn du nicht den ganzen Tag damit beschäftigt wärst, dein Baby zu knuddeln, dann wüßtest du, daß Sajid inzwischen Henry und Billy als Geldeintreiber angeheuert hat, für alle, die mit den Krippengebühren im Rückstand sind. Was glaubst du, warum George heute zu Fuß mit uns nach Hause geht? Weil Sajids Rambos ihm sein Fahrgeld abgeknöpft haben!«

Verärgert neigte er den Kopf zur Seite und gab eine recht bemerkenswerte Sajid-Imitation zum besten: »Tut mir leid, Leute, aber Geschäft ist nun mal Geschäft.«

Doch George schob ihn bereits zur Seite, begierig, seine eigenen Klagen vorzubringen.

»Genau! Ich hab's satt, zu Fuß heimzugehen. Ich hab's satt, mein ganzes Geld Sajid zu geben, nur damit ich mich jeden Tag mal ein paar lumpige Stunden nicht um das blöde Ding kümmern muß. Und ich hab's satt, daß keiner Mitleid mit mir hat. Gestern abend hab' ich meiner Mutter erklärt, wie unfair das ganze ist, und sie hat bloß gelacht. Sie wäre froh gewesen, wenn es Sajids Kinderwagenkrippe schon gegeben hätte, als ich und mein Bruder noch Babys waren, hat sie gesagt. Sie hätte mit Freuden das Doppelte bezahlt, nur um uns für ein paar Stunden loszuwerden. Sie sagt, so ein Mehlsack sei gar nichts gegen das, was man mit einem richtigen Baby mitmacht. Sie sagt, wenn ich mich mal um was kümmern muß, stell' ich mich an wie der erste Mensch.«

Seine Miene verdüsterte sich.

»Dabei krieg' ich sowieso kaum Geld. Ich mußte schon Vorschuß auf das Taschengeld von nächster Woche nehmen, um die Krippengebühr von letzter Woche bezahlen zu können. So geht das nicht weiter. Bis ich das Mehlbaby zurückgebe, bin ich auf Monate hinaus verschuldet. Auf Monate! Ich bin dafür, das Ding jetzt gleich in den Kanal zu kicken.«

Noch ehe Simon etwas einwenden konnte, hatte sich bereits Gwyn Phillips eingeschaltet.

»Ich auch! Ich hab' die Nase voll davon, daß ich das blöde Ding jedesmal auf dem Gepäckträger festbinden muß und auch noch in eine Plastiktüte einwickeln, damit es nicht von einem Auto naßgespritzt wird. Ich hab' die Nase voll davon, daß meine Mum und mein Dad mir jeden Abend in den Ohren liegen, ich soll's mit nach oben nehmen und am nächsten Morgen wieder mit runterbringen. Ich hab' die Nase voll davon, immer aufpassen zu müssen, daß es nicht mit unserer Katze allein im Zimmer ist. Also, ich bin bereit, meins in den Kanal zu kicken.« Zum Beweis begann er, die Plastiktüte mit dem Mehlbaby vom Gepäckträger seines Fahrrades zu zerren.

Simon wollte es sich schon schnappen, um es in Sicherheit zu bringen, als Wayne Driscoll vortrat und sein Mehlbaby vor sich in die Luft hielt, bereit zum Dropkick.

»Wir machen ein Wettkicken!« rief er. »Wer sein Mehlbaby am weitesten über den Kanal schießt!«

»Wem seins am schnellsten untergeht!«

»Wem seins die meisten Luftblasen macht!«

Simon trat näher ans Ufer und breitete die Arme aus, um den anderen Einhalt zu gebieten. »Nein!«

Für einen Moment wandten sie sich wieder ihm zu.

»Du nervst, Sime!«

»Waschlappen!«

»Der wird immer komischer, seit wir die Mehlbabys haben.«

Simon stand zwischen den vieren und dem rutschigen Kanalufer und wich nicht von der Stelle.

»Hört zu«, bat er. »Ich weiß ja, daß ihr sie nicht leiden könnt. Ich weiß, daß ihr sie alle blöd findet und keine richtige Naturwissenschaft und reine Zeitverschwendung und daß ihr euch lieber von Old Carthorse eins aufs Dach geben laßt als sie auch nur einen Tag länger mit euch rumzuschleppen.«

Er breitete die Hände aus.

»Aber es lohnt sich«, versicherte er ihnen. »Ehrlich! Ganz bestimmt! Ihr müßt nur durchhalten . . .«

Seine Augen leuchteten bei dem Gedanken an die Vision, die ihn elf Tage lang aufrechterhalten hatte.

»Wegen der Explosion, versteht ihr?« erklärte er. »Die wird genial! Echt super! Wie das ganze Zeug da in der Bibel, ihr wißt schon, Blutströme, Frosch- und Heuschreckenplagen, Erstgeborene und all sowas. Hundert Pfund gesiebtes weißes Mehl, die bei uns im Klassenzimmer explodieren. Ich versprech's euch!«

»Fosters Mehlbaby ist aber nicht explodiert, als er's ins Wasser gekickt hat«, gab George mürrisch zu bedenken. »Es ist einfach untergegangen.«

Von der felsenfesten Überzeugung des religiösen Eiferers beflügelt, hatte Simon keinerlei Mühe, diese ziemlich unpassende Bemerkung abzutun.

»Wahrscheinlich hat er nicht fest genug gekickt.«

Das war allerdings nicht ganz von der Hand zu weisen. Die vier sahen einander an, und ihre Front begann zu bröckeln.

Wayne war der erste, der nachgab. Er hatte Robin Foster in den letzten drei Jahren oft genug beim Fußballspielen mit Hohn überschüttet. An den Tatsachen war nun mal nicht zu rütteln. Ein guter Schuß war eine Seltenheit bei Robin.

Und es stimmte, daß nach elf deprimierenden Tagen, in denen man an ein Mehlbaby gekettet war, ein kurzer Tritt gegen das Ding nicht an die glorreiche Vision herankam, die Simon ihnen ständig vor Augen hielt. Wayne hätte auch keine Wetten darauf abgeschlossen, daß irgendeines der anderen Mehlbabys über dem Wasser explodieren würde. Gwyns Torabstoß war noch schlechter als Fosters, und der von George war auch nicht besser. Ihre Mehlsäcke würden wahrscheinlich genauso sang- und klanglos untergehen wie Robins. Gut, sein eigener würde explodieren, keine Frage. Er war schließlich nicht umsonst in der Fußballmannschaft. Aber dann würde das Mehl einfach über dem Wasser verwehen. Eine richtige, dauerhafte Schweinerei würde da nicht entstehen.

Nein. Wie man es auch betrachtete: Ein satter Kick über den Kanal wog elf ruinierte Tage nicht auf.

»Okay«, sagte Wayne, »du hast gewonnen. Wir warten noch.« Aber noch war ein Ungläubiger unter ihnen.

»Wieso?« fragte George Spalder plötzlich. »Wieso sollen wir warten? Nur weil Sime hier dauernd von dieser tollen Explosion labert? Ihr spinnt ja, wenn ihr das glaubt. Das gibt's doch gar nicht. Old Carthorse unterrichtet seit *vierhundert Jahren* in dem Klassenzimmer. Der läßt doch da drin niemanden hundert Pfund Mehl durch die Gegend kicken. Da wär' er ja beknackt! Nein, nie und nimmer. Sime muß das ganze irgendwie falsch verstanden haben.«

»Er hat's aber gesagt«, beharrte Simon im Brustton ehrlicher Überzeugung. »Ich hab's doch gehört. Ihr wißt doch, daß ich direkt vor der Lehrerzimmertür gelauscht hab'! ›Über hundert Pfund gesiebtes weißes Mehl in meinem Klassenzimmer.‹ Genauso hat er's gesagt. Mit diesen Worten.«

Jetzt war Wayne hin und her gerissen zwischen Vernunft und Verlangen.

»Ich weiß nicht«, sagte er und wetzte die Seitenkante seines Schuhs an einem Grasbüschel auf dem Uferweg. »Es klingt schon ziemlich unwahrscheinlich. Aber vielleicht hat Simon recht. Wieso ...« Seine Stimme hob sich, als plötzlich die Schärfe seines Denkens von der Macht seiner Gefühle überwältigt wurde. »Wieso sollten sie uns zwingen, drei Wochen lang für diese schlappigen, nutzlosen, idiotischen Dinger zu sorgen, und wieso sollten sie auch noch Schnüffler auf uns ansetzen, damit wir auch ja alles richtig machen, wenn sie uns damit nicht so total verrückt machen wollten, daß wir die blöden Dinger schließlich kaputtkicken?«

Er blickte finster in die Runde und wartete auf eine Antwort.

»Sie haben uns doch gesagt, warum«, erinnerte ihn George Spalder. »Um etwas über uns selbst zu lernen und zu sehen, wie das ist, wenn man für Kinder sorgen muß. Darum ging's doch.«

»Dann war's ja nicht schlimm, daß ich meins in den Kanal gekickt hab'«, sagte Robin vergnügt. »Ich hab' nämlich von meinem überhaupt nichts gelernt. Nicht die Bohne. Ich hab' diesen blöden Mehlsack volle elf Tage mit mir rumgeschleppt, und alles, was ich gelernt hab', ist, daß ich nie in meinem ganzen Leben ein Baby haben will, höchstens, wenn irgend jemand bereit ist, mindestens den halben Tag drauf aufzupassen, und wenn nebenan eine kostenlose Kinderkrippe ist!«

Alle verstummten.

»Ich glaub'«, sagte Wayne, »wenn die Leute vorher auch nur die leiseste Ahnung hätten, was für ein Klotz am Bein ein Baby ist, dann würde kein Mensch welche kriegen.«

»Und«, setzte Robin hinzu, »wenn sie aus Versehen doch eins kriegen würden, dann würde jeder, der halbwegs alle Tassen im Schrank hat, schnellstens verduften.«

Er schaute Simon Zustimmung heischend an. Doch Simon wandte sich ab.

Da begriff Robin.

Er warf den anderen einen schuldbewußten Blick zu und legte Simon die Hand auf die Schulter.

Doch Simon schüttelte sie ab und ging auf dem Uferweg, den sie gekommen waren, davon.

»Was hat er denn?« fragte George Spalder verwundert.

»Halt doch die Klappe, du Idiot!« flüsterte Robin. Und er konnte es sich nicht verkneifen, wichtigtuerisch hinzuzufügen: »Simes Dad hat nur sechs Wochen lang für ihn gesorgt, länger hat er's nicht ausgehalten. Hast du das nicht gewußt?«

»Nein«, sagte George, »das hab' ich nicht gewußt.«

Er schaute Simon nach. »Da hat er ja nicht sehr lang was von seinem Vater gehabt«, meinte er.

Robin ergänzte großspurig:

»Genau eintausendacht Stunden.«

Alle sahen mit neuem Respekt auf Robin. Dann drehten

sie sich einer nach dem anderen um und schauten Simon mitfühlend nach, während er sich auf dem Uferweg weiter und weiter von ihnen entfernte. Er mochte ganz offensichtlich nicht länger mit ihnen zusammensein.

Gwyn stieg auf sein Fahrrad.

»Also, ich hau' ab.«

George stieß Wayne an. »Komm, wir gehn auch.« Er zog Robin am Ärmel. »Du auch, Robin. Zwecklos, hier noch rumzuhängen. Der kehrt erst um, wenn wir alle weg sind.«

Und er hatte recht. Ungefähr eine Minute nachdem sie zwischen den Bäumen an der Biegung des Kanals verschwunden waren, warf Simon einen Blick über die Schulter, um zu sehen, ob der Weg frei war, und erst dann ging er zurück. Er fühlte sich furchtbar. Nicht in der Stimmung, mit anderen zusammenzusein. Am besten, man ließ ihn in Ruhe.

Sechs Wochen! Ganze sechs Wochen! Klar, dachte er und kickte verdrossen ein paar Steine den Weg entlang, sechs Wochen waren ja wohl genug! Was hatte als Baby denn nicht mit ihm gestimmt? Was war er denn für ein kleines Monster gewesen, daß er es seinem Vater schon nach sechs Wochen nicht mehr wert war, dazubleiben und ihn großzuziehen? Simon hatte sein Mehlbaby erst elf Tage, und genausowenig, wie er sich vorstellen konnte, sie vor Ärger in den Kanal zu kicken, konnte er verstehen, daß sein eigener Vater eines schönen Tages einfach pfeifend davongegangen war. Simon war immerhin ein Mensch!

Was hatte also nicht gestimmt mit ihm? Simon hatte andere Babys gesehen. Erst an diesem Morgen war er auf dem Weg zur Schule praktisch mit einem zusammengestoßen. Es steckte in einer Babytrage, und seine Mutter stand an der Ecke am Bordstein und wartete, daß die Ampel grün wurde. Elf Tage zuvor hätte Simon an ganzen Horden von Babys vorbeispazieren können, ohne sie überhaupt zu bemerken. Jetzt sah er jedes einzelne.

Es hatte ein mit Wollknubbeln besetztes Mützchen auf dem Kopf, mit einer Schleife unter dem Kinn. Sowohl das Baby als auch das Mützchen sahen ungeheuer sauber aus, fand Simon. Die Bäckchen rosa glänzend. Die Wolle weiß wie Schnee. Er fragte sich, wie die Eltern das schafften. Denn all seinen eifrigen Bemühungen zum Trotz wurde sein Mehlbaby von Tag zu Tag schmuddeliger.

Als spürte es seinen ziemlich neidischen Blick, drehte das Baby sich in seinem Tragegestell um und schaute Simon an. Das Mützenband rutschte ihm über den Mund, und Simon streckte den Finger aus, um es wieder zurückzuschieben.

Das Baby sah den Finger kommen, und sofort verzog sich sein ausdrucksloses Vollmondgesicht zu einem verklärten Lächeln. Für Simon sah es aus, als sei im Kopf des Babys eine starke Glühbirne eingeschaltet worden. Die Wirkung war unglaublich. Das kleine Gesicht leuchtete.

Simon grinste das Baby an. Wie einfach das war! So, wie es strahlte, hätte man meinen können, Simon hätte gerade einen absolut einmaligen Trick vorgeführt, ein verblüffendes Kunststück, einen dreifachen Salto zum Beispiel, mit Wunderkerzen, die ihm aus den Ohren ragten, anstatt nur einen schmutzigen Finger auszustrecken.

Er hakte das Mützenband wieder unter dem Kinn des

Babys fest. Das Baby zuckte nicht zurück. Offenbar hatte schon der Anblick des näherkommenden Fingers es in eine so freudige, staunende Erregung versetzt, daß es gar nicht merkte, was Simon damit bezweckte.

Machttrunken wackelte Simon mit dem Finger. Auf der Stelle geriet das Baby vor Entzücken völlig außer sich. Es zappelte wie wild in seiner Trage. Seine Mutter drehte sich um.

»Verzeihung«, sagte Simon, und die Ampel schaltete auf Grün.

Den ganzen Weg über die Straße blieb Simon einen Schritt hinter dem Baby und wackelte direkt vor seiner Nase mit dem Finger. Das Baby strampelte und krähte. Es tat Simon einen Augenblick lang richtig weh, als er auf der anderen Straßenseite abdrehen mußte. Er konnte sich nicht erinnern, jemals einen Menschen so mühelos in Begeisterung versetzt zu haben. Wie alt war das Baby? Er hatte keine Ahnung. Er wußte fast nichts über Babys. Hätte man eins von diesen winzigen, krebsroten Neugeborenen, die er in Dokumentarfilmen gesehen hatte, neben eins der rosa Riesenbabys gehalten, die man in ihren Kinderwägen vor den Läden stehen sah, dann hätte er den Unterschied vermutlich bemerkt. Aber das war schon so ziemlich alles. Vielleicht, dachte Simon, war sein Vater, was Babys anbelangte, genauso eine Niete wie er. Vielleicht hatte er sich, wenn er auf Simon niederblickte, der in seinem Bettchen sinnlos vor sich hin gluckste, nicht klargemacht, daß Simon sich binnen weniger Wochen – oder waren es Monate? – in so etwas verwandeln würde wie dieses Baby an der Ampel, das es fertigbrachte, daß man sich wie ein König fühlte, nur weil man mit dem Finger wackeln konnte.

Das war der Punkt bei Babys, entschied Simon. Sie waren anders als alles andere. Sie waren etwas Besonderes. Mit einemmal wußte er, warum sich auf der ganzen Welt alles darum riß, sie zu knuddeln. Man konnte der größte Vollidiot sein und das trübseligste Leben führen – für ein Baby war man ein Star, das Tollste, was es gab, etwas, für das es sich lohnte, aus der Trage zu fallen, nur um noch einen letzten Blick darauf zu werfen. Kein Wunder, daß alle dauernd »Ooh!« und »Aah!« flöteten und wie süß sie sie fänden. Bisher hatte Simon immer geglaubt, das sei alles nur Theater, um die frischgebackenen Eltern etwas aufzumuntern. Nie war ihm der Gedanke gekommen, es könnte ehrlich gemeint sein. Jetzt aber erkannte er, daß die Leute es ernst meinten. Sie sagten wirklich, was sie dachten. Babys waren etwas Wunderbares. Es war die reine Wahrheit. Tatsache: So etwas Schönes gab es nirgendwo zu kaufen. Und das Gute an ihnen war, daß sie keine richtigen Leute waren – noch nicht jedenfalls. Und deshalb konnte man anders mit ihnen umgehen. Es war leichter, sie zu mögen. Eigentlich waren sie ein bißchen wie Haustiere: man fütterte und badete sie, man räumte täglich hinter ihnen auf, und selbst wenn man einmal genug von ihnen hatte, erwartete man doch nicht, daß sie sich mehr ins Zeug legten. Kein normaler Mensch war beleidigt, weil ein Baby nicht ebensoviel für ihn tat wie er für das Baby.

Mit Leuten war die Sache schon wesentlich verzwickter. Von zweien fühlte sich immer einer ausgenutzt oder zur Selbstverständlichkeit degradiert. Sogar Fruzzy

Woods war vor drei Tagen von Lucinda abserviert worden, so ziemlich wegen des gleichen Problems. »Es ist aus mit uns!« hatte sie ihn angeschrien. »Ich hab' dieses Einbahnstraßendasein satt! Bei allen deinen Fußballspielen hab' ich hurra geschrien. Ich geh' sogar mit dir zum Training. Und was passiert, wenn ich dich mal bitte, mich beim Badmintonendkampf zu unterstützen? Du sagst, du hast keine Zeit!« Wenn Fruzzy sie jetzt nach der Schule anrief und sie anflehte, herauszukommen und mit ihm zu reden, sagte sie immer nur: »Ich hab' keine Zeit.«

Im Vergleich dazu war es das reine Honiglecken, ein Baby zu lieben. In einer plötzlichen Aufwallung von Zärtlichkeit blieb Simon stehen, holte das Mehlbaby aus seiner Schultasche, setzte sich ans Kanalufer und nahm sie auf den Schoß.

»Soll ich dir sagen, was ich an dir mag?« fragte er und sah ihr in die großen Kulleraugen. »Mit dir kommt man so gut klar. Du bist nicht wie Mum, die mir dauernd sagt, ich soll meinen Teller ins Spülbecken stellen oder die Türen leiser zumachen oder meine Schuhe wegräumen. Du bist nicht wie Oma, die mir dauernd sagt, wie groß ich geworden bin, und mich löchert, was ich mal machen will, wenn ich mit der Schule fertig bin. Du willst mich nicht anders haben, als ich bin, so wie die Lehrer alle. Du nimmst mich nicht auf den Arm, so wie Sue. Und du läufst nicht weg und kommst nie wieder, so wie mein Dad.«

Er klemmte sich das Mehlbaby unter den Arm und blickte über das Wasser.

»Ich hätte nichts dagegen, wenn du echt wärst«, sagte er. »Auch wenn ich dann mehr Arbeit mit dir hätte. Auch wenn du brüllen würdest und dauernd die Windeln vollmachen und im Supermarkt Riesenwutanfälle kriegen würdest. Das wär' mir egal.« Er schaute auf sie nieder, wie sie wohlbehalten und behaglich in seiner Achselhöhle ruhte, und drückte mit dem Finger auf die Stelle, an der ihre Nase hätte sein müssen, wenn sie nicht nur ein Sack voll Mehl gewesen wäre.

»Soll ich dir sagen, was ich nicht verstehe?« vertraute er ihr an. »Ich versteh' nicht, wie man Babys schlecht behandeln kann.«

Ihre riesigen Augen blickten zu ihm auf. Er versuchte, es ihr näher zu erklären.

»Mum sagt, sie weiß, wie das passieren kann.« Simon machte unwillkürlich ein finsteres Gesicht. »Sie sagt, sie möchte gar nicht wissen, wie oft sie mich fast verdroschen hätte, als ich gezahnt habe.«

Er schüttelte verwundert den Kopf.

»Und Oma sagt, ihre Schwester hätte einmal einen Wutanfall gekriegt und ihr Baby so in sein Bettchen gepfeffert, daß ein Bein gebrochen ist.«

Er neigte den Kopf tiefer.

»Kein Bein vom Baby«, erläuterte er. »Ein Bein vom Bettchen.«

Froh, diesen Punkt geklärt zu haben, fuhr er fort: »Und Sue sagt, sie wird so gereizt, wenn sie nicht jede Nacht acht Stunden am Stück ihren Schlaf kriegt, daß man von Glück sagen kann, daß sie keine Familie hat, denn wenn sie eine hätte, dann hätte sie spätestens nach einer Woche alle umgebracht.«

Er setzte das Mehlbaby auf sein Knie.

»Mum hat mal mit Sue Camping gemacht, zwei Nächte nur, und als sie zurückkam, hat sie gesagt, sie glaubt ihr das.«

Er stupste sie sanft auf die Stelle, an der ihr Bauch gewesen wäre.

»Und nimm nur mal Robin«, sagte er. »Der ist normalerweise doch nicht so leicht aus der Ruhe zu bringen. Läßt sich's gefallen, wenn Old Carthorse wegen seiner Radierfitzelsammlung auf ihm rumhackt und Wayne ihn dauernd aufzieht, weil er zwei linke Füße hat. Sieht Robin gar nicht ähnlich, so durchzudrehen.«

Er blickte über den Kopf des Mehlbabys hinweg in die dunklen Fluten. Es war nicht einmal so, dachte er, daß etwas ganz Bestimmtes Robin auf die Palme gebracht hätte. Jedenfalls nichts, was erklärt hätte, warum er plötzlich rot sah und sich dermaßen aufregte. Gwyn hatte doch nur gefragt, ob jemand ihm sein Arbeitsheft leihen könne.

»Warum?«

»Damit ich die Hausaufgaben von gestern abschreiben kann.«

»Mein Heft willst du bestimmt nicht«, sagte Wayne. »Ich hab' alles falsch.«

»Meins auch nicht«, versicherte George ihm. »Old Carthorse hat gesagt, ein hirntoter Troll hätte es besser gekonnt.«

Gwyn war die Qualität der angebotenen Ware offensichtlich völlig gleichgültig.

»Old Carthorse hat doch nur gesagt, ich soll die Hausaufgaben machen«, erklärte er. »Er hat nichts davon gesagt, daß ich sie richtig machen soll.«

»Du kannst meine haben, wenn du willst«, bot Robin ihm an. »Er hat nicht gesagt, sie seien Schrott, also fand er sie wohl in Ordnung.«

»Okay«, sagte Gwyn, »ich nehm' deine.« Und er stellte sich neben Robin, der in seiner Schultasche wühlte und sein Mathematikbuch und das neue französische Bildlexikon beiseiteschob, das Mr. Dupasque ihm erst an diesem Vormittag aufgedrängt hatte. Auf der Suche nach seinen Hausaufgaben wühlte er zu tief und zu schnell, und sein Mehlbaby fiel aus der Tasche, auf den schmutzigen Weg.

»Oh, Mist!«

Er hob das Mehlbaby auf, wischte den gröbsten Schmutz und die Kieselsteine ab und warf es Gwyn zur sicheren Verwahrung zu.

Wie zu erwarten war, ließ Gwyn es fallen.

Es landete erneut im Schmutz. Robin hob es auf, und diesmal steckte er es fest in einen Busch am Wegrand, bevor er noch tiefer in seiner Tasche nachgrub. Über dem hektischen Wühlen hörte er nicht das leise Reißen von Stoff hinter sich. Erst als der Riß so groß war, daß der kleine Sack mit einem leisen, mehligen Klatschen abermals in den Schmutz fiel, merkte er, was passiert war.

Und in diesem Augenblick verlor er die Beherrschung.

»Idiot!« schrie er. »Idiot! Idiot! Idiot!«

Gwyn trat beunruhigt zurück. Meinte er ihn? Nein. Es war das Mehlbaby, das Robin so in Rage gebracht hatte. Er hob es vom Boden auf und schüttelte es, bis Mehl hervorquoll.

»Idiot! Idiot!« schrie er erneut und versetzte ihm einen heftigen Schlag.

Mehl stob in Wolken heraus.

Jetzt rastete Robin vollends aus.

»Paß auf dein Mehlbaby auf!« schrie er in Nachahmung all der Erwachsenen, die ihm seit Tagen zusetzten. »Vergiß es nicht! Nimm's hierhin mit! Nimm's dorthin mit! Schnall es gut auf dem Fahrrad fest! Verlier es nicht! Paß auf, daß es nicht in den Dreck fällt!«

Und bei jedem Befehl, den er herausbrüllte, versetzte er dem Mehlbaby einen weiteren Schlag.

»Paß auf, daß es nicht naß wird! Mach es nicht schmutzig! Laß es nicht fallen! Du mußt so tun, als wär's ein echtes Baby!«

Jetzt schüttelte er es so wild, daß der Riß noch größer wurde und das Mehl auf den Weg stäubte.

»Okay! Mach ich! Ich tu' so, als wärst du echt! Und wenn du echt wärst, wenn du meins wärst, dann würd' ich dich in den Kanal kicken!«

Und dann, vor ihren Augen, hatte er mit dem Fuß ausgeholt, den Mehlsack losgelassen und es getan.

Poff!

Simon saß ruhig auf der Uferböschung und dachte daran zurück, wie der zerrissene Sack im Nu versunken und das Mehl auf dem Weg ebenso schnell fortgeweht war. In weniger als einer Minute war außer einigen traurig aufsteigenden Luftblasen nichts mehr zu sehen gewesen.

Er drückte sein eigenes Mehlbaby fest an die Brust.

»Viel weiß ich ja nicht«, sagte er, »aber eins weiß ich. Sowas mach' ich mit dir nicht. Nie, nie, nie.«

Und in diesem Augenblick glaubte er auch daran.

7

Am 16. Tag war nichts mit ihnen anzufangen. Philip Brewster fiel vom Stuhl und behauptete, die Chinesen seien die größten Menschen der Erde. Luis Pereira verschob ständig sein Pult, alle paar Minuten, bis Mr. Cartright herausfand, daß Henry ihm eingeredet hatte, die Spinne genau über ihm an der Decke habe ein tödliches Gift und lasse außerdem Tropfen fallen. Bill Simmons fügte der riesigen Schmeißfliegentätowierung, die er mit Tinte auf seinen Unterarm gemalt hatte, immer neue, ziemlich unerfreuliche Schnörkel hinzu. Und selbst Robin Foster, der normalerweise keine größeren Probleme machte, schnipste ständig Radierfitzel aus seiner Sammlung gegen die Petunie auf dem Fensterbrett.

»So!« sagte Mr. Cartright. »Ich weiß, was wir jetzt machen. Wir hören uns was aus euren Tagebüchern an.«

Er wartete, bis das Gestöhne seinen Höhepunkt erreicht hatte.

»Oder . . .«, drohte er dann, »wir könnten es auch noch mal mit dem katastrophalen Test von gestern versuchen.«

Schnell machten alle es sich bequem, um dem Vorlesen der Tagebücher zu lauschen. Gwyn Phillips ließ den Kopf sanft auf sein Mehlbaby sinken, als wäre es ein Kissen auf dem Pultdeckel. Seine Augen schlossen sich, sein Daumen glitt in seinen Mund. Niemand machte eine spöttische

Bemerkung. Es schien für alle ein Signal zu sein, daß heute eine Pause eingelegt wurde. Es war wie im Kindergarten.

In Sekundenschnelle hatten sich alle so behaglich wie möglich zurechtgelümmelt. Einige folgten sogar Simons Beispiel und setzten ihre Mehlbabys vor sich hin, als würden sie ebenfalls zuhören.

Mr. Cartright begann. »Ich fang' mit Henry an«, sagte er. »Henry, am 9. Tag.« Henry stieß die Faust in die Luft.

»Ich hasse mein Mehlbaby. Ich hasse es mehr als irgend etwas anderes auf der Welt. Es wiegt ungefähr eine Tonne. Ich fragte meinen Dad, wieviel ich bei meiner Geburt gewogen habe, und er sagte, es könnte sein, daß er mich mit unserer Laura verwechselt, aber er glaube, ich hätte acht Pfund gewogen. Acht Pfund! Das sind zwei mehr als dieser Fettsack hier! Ich fragte Dad, wieviel das in Kilo ist, und da wurde er ganz böse und sagte, er würde mir bereits mein Abendessen machen und mein Fahrrad reparieren, da könnte ich nicht erwarten, daß er auch noch meine Hausaufgaben für mich macht.«

Mr. Cartright brach ab.

Vereinzeltes Beifallsgebrüll ertönte von denjenigen in der 10c, die sowohl wach geblieben waren als auch bis zum Schluß zugehört hatten.

»Und jetzt zu Tullis«, sagte Mr. Cartright. »Weil er nicht da ist. Der 8. Tag. Ich sollte vielleicht noch dazusagen, daß der 2. bis 7. und der 9. bis 13. Tag eigenartigerweise fehlen.«

»An meinem Mehlbaby klebt vorn ein Popel. Ich schnipse ihn nicht weg. Es gehört mir ja nicht, wieso sollte ich also?«

Er hörte auf zu lesen. »Das war's.«

Jubelgeschrei erhob sich auf diese Erklärung hin. Dadurch ermutigt, nahm Mr. Cartright Rick Tullis' Versuch über den 14. Tag zur Hand.

»Wenn ich in letzter Zeit viel gefehlt habe, dann ist das Mehlbaby schuld daran. Das heißt nicht, daß ich sonst öfter gekommen wäre. Aber mit diesem Ding da bleibe ich morgen ganz bestimmt wieder weg.«

Mr. Cartright hob den Kopf und ließ den Blick durchs Klassenzimmer schweifen.

»Er hat angefangen, seine Sätze zu numerieren«, informierte er sie. »Damit er nicht den furchtbaren Fehler begeht, mehr als drei zu schreiben.«

Er wühlte in dem Stapel der Tagebucheinträge. »Hier ist etwas Interessantes«, sagte er. »Zwei genau gleiche.« Er las den ersten vor. Er stammte von Wayne Driscoll.

»Meine Mum sagt, als ich geboren wurde, waren wir so arm, daß wir praktisch in einem Eimer wohnten und Kohlen aßen. Das kam daher, weil mein Opa gesagt hatte, ich würde aussehen wie ein Kobold. Da hat meine Mum nicht mehr mit ihm geredet, und deswegen hat er ihr kein Geld mehr geliehen. Mum glaubt, er war sauer, weil ich schwarz bin und er nicht. Dabei ist er ja nicht mal mein Vater, sondern mein Großvater, also kann es ihm doch egal sein. Mein Dad wäre bestimmt noch was viel Schlimmeres als sauer gewesen, wenn ich ganz weiß rausgekommen wäre! Mum sagt, sie könnten ihr beide gestohlen bleiben, und sie wünschte, alle Menschen auf der Welt wären grün.«

Mr. Cartright nahm ein anderes, abgegriffeneres Blatt

und las die ganze traurige Geschichte noch einmal vor, Wort für Wort.

»Was ist denn?« fragte Gwyn. »Was schaut ihr mich denn alle so an?«

»Du kannst doch nicht einfach was X-beliebiges abschreiben«, erklärte Robin Foster ihm freundlich. »Es muß doch auf dich passen. Du bist doch nicht schwarz.«

Gwyn fing an zu murmeln. Was er sagte, war kaum zu verstehen, außer für seine nächsten Nachbarn. Hin und wieder aber klang aus dem Gemurmel etwas heraus, was sich so ähnlich wie »Rassendiskriminierung« anhörte.

Mr. Cartright beachtete ihn nicht.

»Machen wir weiter?« fragte er freundlich. »Hören wir uns mal Sajid Mahmouds 14. Tag an.«

Sajid blickte stolz und Bewunderung heischend um sich. Einige machten sich die Mühe, ihn böse anzuschauen, die meisten aber taten so, als nähmen sie ihn gar nicht wahr.

»Heute hätte ich bereits über hundert Pfund zusammenhaben können, aber da sechs Leute ihre Mehlbabys nicht in meine Krippe tun und Tullis nie da ist und ich erst am 4. Tag auf die Idee gekommen bin und ein paar Leute nicht rausrücken, was sie mir schulden, obwohl ich Henry und Luis auf sie angesetzt habe, habe ich jetzt erst halb soviel. Aber . . .«

Mr. Cartright brach ab und ließ die anderen die Fortsetzung erraten.

»Geschäft ist Geschäft!« brüllten alle wie aus einem Munde.

Mr. Cartright schwieg und überflog Sajids Text noch einmal. »Das sind nur zwei Sätze«, monierte er.

Sajids langatmiger und heftiger Disput mit Mr. Cartright über die exakte Natur und Funktion des Kommas wurde hin und wieder von schwerwiegenden Beschuldigungen der anderen übertönt.

»... zieht uns bis aufs Hemd aus!«

»... hat mir schon das Taschengeld von vier Wochen abgeluchst!«

»So schaff' ich's nie, denen von nebenan ihren Kohlenkasten zu bezahlen ...«

»Ausgenommen wird man da, aber ehrlich ...«

Mr. Cartright rutschte unbehaglich auf dem Pult hin und her. Er brachte Sajid mit einer Handbewegung zum Schweigen und erinnerte die anderen:

»Es zwingt euch doch niemand, eure Mehlbabys in seine Krippe zu tun.«

Dann nahm er schnell ein anderes Blatt zur Hand.

»Das ist Simons«, sagte er. »Simon, am 12. Tag.«

»Ich fand es wirklich schlimm, daß Foster sein Mehlbaby in den Kanal gekickt hat. Ich hätte nie gedacht, daß Foster so brutal sein kann. Eigentlich ist er ein echt guter Freund von mir. Sein Problem ist wahrscheinlich, was Miss Arnott immer sagt. Er ist noch ziemlich unreif.«

Mr. Cartright brach ab, blickte von dem Blatt auf und sagte zu Simon: »Dir ist doch hoffentlich klar, daß mein reibungsloses, fließendes Vorlesen einen Triumph der Kunst des Dechiffrierens darstellt.«

Da er Mr. Cartrights Beleidigung nicht in ihrem vollen Ausmaß erfaßte, begnügte Simon sich mit einem mürrischen Grunzen, das Mr. Cartright als die Erlaubnis, mit der Lektüre fortzufahren, interpretierte.

»Meine Mum hat Robin auch dauernd verteidigt. Sie sagte, man kann nicht jemanden auf ewig verdammen, nur weil er irgendeinen Blödsinn gemacht hat, sonst wäre ich heute noch als mieser Typ abgestempelt, weil ich einmal einen Kaktus nach Hyacinth Spicer geworfen habe oder weil ich Rick Tullis' Schäferhund auf der Perücke von meiner Oma habe herumkauen lassen, und wegen ein paar anderen Sachen, die ich in diesem Tagebuch nicht unbedingt erwähnen möchte.«

Zu Simons Pech schien George Spalder seinen ausgeprägten Sinn für Geheimhaltung nicht zu teilen.

»Wahrscheinlich meint er das damals, als er sein Erdkundereferat im Klo runtergespült hat und dann die ganzen Klos überschwemmt waren«, vertraute er den anderen an.

»Nein«, sagte Tariq, »er meint, als er die Wüstenspringmaus mit Miss Arnotts Aspirin gefüttert hat und das arme Ding ins Koma fiel.«

Er blickte in die Runde, um zu sehen, ob ihn auch niemand mißverstanden hatte.

»Nicht Miss Arnott«, sagte er, nur für den Fall, daß sich bei irgend jemandem noch Zweifel regten. »Die Wüstenspringmaus.«

»Ach Quatsch.« Ungeduldig fegte Wayne Tariqs Theorie beiseite. »Er meint, als er das große rote ACHTUNG-LEBENSGEFAHR-Schild als Trittleiter benutzt hat, um über den Drahtzaun zu steigen, und dabei erwischt worden ist, wie er an diesem riesigen Benzintank gelehnt hat und heimlich eine geraucht hat.«

Jetzt musterte Mr. Cartright Simon mit neuem Respekt. Ein Riesenbursche. Und kräftig. Aber er hatte sich nie klargemacht, was für eine Spur der Zerstörung der Junge hinterließ, während er so durchs Leben trottete.

Plötzlich merkte Mr. Cartright, daß alle ihn erwartungsvoll ansahen, und fühlte sich zu einer angemessenen pädagogischen Reaktion verpflichtet.

»Du solltest nicht rauchen, Simon«, schimpfte er. »Das könnte dein Wachstum hemmen.«

Dann wandte er sich Philip Brewsters 10. Tag zu.

»Schlechte Zeiten! Ich dachte, mein Mehlbaby wäre das Allerletzte, aber nebenan haben sie ein echtes, das ist die reinste Heulboje. Es plärrt ununterbrochen. Ich höre es durch die Wand. Zu Trish, meinem Goldfisch, habe ich gesagt, wenn es meins wäre, würde ich ihm einen Reffknoten in den Hals machen.«

Voll Spannung wühlte Mr. Cartright in den Blättern, bis er Philip Brewsters 11. Tag fand.

»Was mich so aufregt, ist, daß ich mein Radio schon so leise stelle, daß ich kaum noch was hören kann, und trotzdem angeschnauzt werde. Dieses Baby läuft die ganze Nacht auf voller Lautstärke, und wenn ich morgens runterkomme und nur halb da bin, weil ich kein Auge zugetan habe, dann erzählen mir alle, wie froh wir sein könnten, daß es nicht unser Baby ist. Ich wollte, es wäre unseres, dann würde ich das Geplärr schnell abstellen.«

Alle drehten sich um und schauten Philip an, der rot wurde.

»Weiter«, bettelte Tariq, »bitte lesen Sie weiter, Sir. Suchen Sie den 12. Tag raus.«

Mr. Cartright fand Philips 12. Tag.

»Ich ging rüber und sagte der Frau von nebenan, daß ich nicht genug Schlaf kriege, und da ist sie voll ausgerastet. Ich kam gerade noch vor der Lava die Haustürstufen runter. Ich verstehe Leute mit Babys nicht, absolut nicht.«

Ein warmes, volltönendes Zustimmungsgebrüll folgte dieser Erklärung.

»Yeah! Leute mit Babys müssen total beknackt sein!«

»Nicht ganz dicht!«

Wie immer war es Sajid, der die Sache am schlüssigsten auf den Punkt brachte.

»Den ganzen Tag laufen die mit diesen Echten auf dem Arm rum, die die ganze Zeit bloß brüllen und Sauereien machen, denen man den Po putzen muß –«

»Nicht nur den Po!« unterbrach ihn Henry. »Meine Mum sagt, man muß ihnen auch dauernd die Nase putzen.«

»Absurd!«

»Ekelhaft!«

»Da wird einem ja schon schlecht, wenn man bloß dran denkt.«

»Und dann jaulen sie auch noch die ganze Nacht!«

Ein neu einsetzendes Murren in der letzten Reihe erwies sich als Philip Brewsters persönliche Bekräftigung dieser Klage.

»Was anderes hab' ich auch gar nicht zu ihr gesagt, als daß es die ganze Nacht gejault hat. Und da ist sie ausgerastet.«

Sajid fuhr in seinen Ausführungen fort: »Und manche sind sogar noch schwerer als unsere. Meine Tante bringt ihres immer mit, und das wiegt vierundzwanzig Pfund.

Vierundzwanzig Pfund! Und meine Tante muß es immer noch rumtragen. Es kann immer noch nicht laufen!«

»Das ist genau das, was mich so an ihnen aufregt«, unterbrach ihn Wayne Driscoll. »Sie können nicht laufen. Sie können nicht sprechen. Sie können keinen Ball kicken und kriegen nicht mal einen Löffel irgendwo in die Nähe von ihrem Gesicht.«

»Die sind wirklich das Hinterletzte.«

»Robin hat ganz recht gehabt, daß er seins in den Kanal gekickt hat.«

»Sein Mehlbaby hat noch Glück gehabt«, erklärte Tariq düster. »In der guten alten Zeit hat man Babys im Gebirge ausgesetzt.«

»Oder gebraten und gegessen.«

An diesem Punkt fühlte Mr. Cartright sich verpflichtet, einzuschreiten und die lebhafte Diskussion der 10c wieder in geordnete Bahnen zu lenken.

»Das wohl nicht gerade, George. Gebraten und gegessen nicht.«

»Doch, Sir«, beharrte George nachdrücklich. »Sie schmecken genau wie Schweinefleisch. Das hab' ich in einem Buch gelesen.«

Der allgemeine Ruf nach mehr Information ging fast in den begierigen Fragen potentieller Einzelforscher unter.

»In welchem Buch?«

»Hast du's noch?«

»Kannst du mir's leihen?«

»Wie Schweinefleisch?«

»Was ist mit der Kruste? Gibt's bei Babys eine richtige Kruste?«

Wieder griff Mr. Cartright rasch ein.

»Leute mit Babys sind durchaus nicht beknackt«, sagte er. »Jeder von euch könnte eines Tages eins wollen. Ganz zu schweigen davon, daß viele Leute aus Versehen Babys kriegen.«

Der Sturm der Gefühle, den diese Bemerkung hervorrief, erstaunte selbst Mr. Cartright.

»Das ist ja grauenhaft!«

»Aus Versehen ein Baby kriegen!«

»Der reinste Horror!«

»Ich würd' nie aus Versehen eins kriegen. Nie!«

Bill Simmons schien bei dieser Vorstellung fast den Tränen nahe.

»Man mag gar nicht dran denken. Einen Moment nicht aufgepaßt, und schon ist die Hölle los!«

Gwyn war ganz seiner Meinung.

»Das ganze Leben ruiniert, durch einen Ausrutscher!«

»Furchtbar!«

Luis Pereira nützte seinen Ruf als derjenige, der mehr Mädchen kannte als sonst irgendeiner in der Klasse, weidlich aus.

»Und es muß nicht mal dein eigener Fehler sein!« warnte er die anderen verschwörerisch.

Schiere Bestürzung befiel sie bei dem Gedanken, daß jeder von ihnen eines Tages ein Baby am Hals haben konnte, ohne selbst einen Fehler gemacht zu haben. Zum zweitenmal binnen weniger als drei Wochen trat in der 10c absolute Stille ein.

Russ Mould stand auf.

»Angenommen ...«

Die Worte fehlten ihm.

Mr. Cartright sah ihn aufmunternd an.

»Ja?«

»Angenommen . . .«

Wieder konnte Russ nicht weitersprechen.

Mr. Cartright schaute verwirrt drein. Allen anderen aber fiel es offenbar leichter, den Ausdruck blanken Entsetzens auf Russ' Gesicht zu deuten.

»Ja! Ja! Russ hat recht! Angenommen, man bleibt an jemandem hängen . . .«

»Und man ist sich nicht hundertprozentig sicher . . .«

»Könnte ja 'ne unsichere Sache sein.«

»Man kann immer nein sagen«, erklärte Wayne Driscoll tugendhaft.

Die anderen schienen damit zufrieden.

»Stimmt.«

»Einfach nein sagen.«

»Lohnt sich nicht, irgendein Risiko einzugehen«, erklärte Phil Brewster weise.

»Vorsicht ist besser als Nachsicht.«

»Einmal geschlampt, und man kann sehen, wo man bleibt.«

Mr. Cartright betrachtete die besorgten Gesichter. Alle schlugen sich mit dem Gedanken herum, daß sie sich gegen die furchtbaren Gefahren würden wehren müssen, die am Horizont drohten. Nur einer in der Klasse schien nicht von der allgemeinen Besorgtheit angesteckt, und das war Simon Martin. Simon kaute an seinem Kugelschreiber und schaute nachdenklich aus dem Fenster. Er hatte während des ganzen Spektakels geschwiegen. Mr. Cartright glaubte zu wissen, warum Simon sich nicht an der allgemeinen Verunglimpfung der Mehlbabys beteiligt hatte. Sein eigenes hatte es ihm so angetan, daß sein Seelenleben seit über zwei Wochen Gegenstand hitziger Debatten im Lehrerzimmer war. Die Hälfte der Lehrer beharrte darauf, daß der arme Junge dringend fachkundiger Beratung bedürfe, die anderen stellten sich hinter Mr. Dupasque und Miss Arnott und erklärten, seine Reaktion sei »ganz reizend« und verdiene eher Beifall als Mitleid.

Doch was dachte er selbst in diesem Augenblick? Was ging in ihm vor?

Bewußt pickte sich Mr. Cartright den Quasi-Analphabeten Russ Mould heraus und forderte ihn auf, die Namen auf den Tagebucheinträgen zu lesen und die Blätter ihren Besitzern zurückzugeben. Dann glitt er im Schutz des um sich greifenden Tumults vom Pult und umrundete die Klasse, bis er neben Simon angelangt war und ihn leise fragen konnte: »Woran denkst du?«

Simon blickte auf.

»Ich hab' grad an meinen Vater gedacht«, sagte er.

Mr. Cartright dachte einen Augenblick über diese Antwort nach. Man mußte da vorsichtig sein. Heutzutage tauschten manche Eltern die Ehepartner wie Ersttagsbriefe oder Fußballeintrittskarten. Erst letzte Woche hatte er gehört, wie ein Schüler, der mit ein paar anderen vor ihm herging, in aller Freundlichkeit zu einem von ihnen sagte: »Meinen früheren Dad hast du jetzt, stimmt's?« Nein, man mußte schon sehr auf der Hut sein.

»Hast du einen neuen, von dem ich nichts weiß?« fragte er Simon höflich.

»Nein«, sagte Simon, »ich hab an meinen richtigen Vater gedacht. Ich muß mir dauernd Gedanken über ihn machen. Er geht mir die ganze Zeit im Kopf herum.«

Mr. Cartright ging so behutsam vor, wie es ihm möglich war. »Gibt es da etwas Bestimmtes, was dich beschäftigt?«

»Ja«, sagte Simon. »Ja, da ist was, was ich wirklich wissen möchte.«

»Was denn?«

»Was er gepfiffen hat.«

Mr. Cartright stand vor einem Rätsel.

»Was er gepfiffen hat?«

»Als er weggegangen ist«, erklärte Simon. »Ich möchte wissen, was er gepfiffen hat, als er zur Tür hinausgegangen ist.«

Mr. Cartright verschlug es die Sprache. Nach einer Weile klopfte er Simon liebevoll auf die Schulter.

»Tut mir leid, Junge«, sagte er sanft. »Steht nicht im Lehrplan.«

Er wollte gerade leise hinzufügen: »Der taugt sowieso nicht viel«, als ihm plötzlich der Gedanke kam, daß er das gar nicht so meinte und daß es auch nicht stimmte. Durch dieses Projekt für die Naturwissenschaftsschau zum Beispiel hatten sie eine Menge gelernt. Dr. Feltham hatte recht. Sie hatten etwas über die Langwierigkeit und die endlosen Strapazen der Verantwortung gelernt und darüber, wie man sich dabei fühlte. Der sanfte kleine Robin Foster hatte sogar gelernt, daß er ernstlich in Wut geraten konnte. Sajid hatte gelernt (wenn er es nicht schon vorher gewußt hatte), daß er eine gesunde unternehmerische

Ader hatte. Und jeder einzelne von ihnen wußte jetzt, daß er zwar alt genug sein mochte, Vater zu werden, aber noch nicht alt genug, Vater zu sein.

Jeder einzelne von ihnen?

Vielleicht nicht ganz. Bei Simon hatte Mr. Cartright noch seine Zweifel. Da saß der Bursche, die riesigen Gliedmaßen unbequem unter das Pult gefaltet, und fingerte, mißmutig in Gedanken versunken, an der grauen Spitzenborte herum, die das Mützchen seines Mehlbabys säumte.

Dachte er noch immer über seinen Vater nach? Oder trieb ihn, wie das halbe Lehrerzimmer steif und fest behauptete, die Sehnsucht um, ein eigenes, echtes Baby zu haben?

Wie dem auch sein mochte: Es war Zeit, damit Schluß zu machen. Mr. Cartright hatte nie behauptet, ein geduldiger Mensch zu sein. Und in diesem Augenblick entschied er, daß es ihm reichte. Schließlich lag noch fast ein ganzes Jahr vor ihm, in dem er den Jungen unterrichten mußte. Bislang hatte Mr. Cartright noch nicht viel davon gemerkt, daß es ihm irgendwie gedankt würde, die 10c zu unterrichten. Jetzt aber sah er, daß die meisten von ihnen, auch wenn sie nicht allzu helle waren, sich wenigstens Mühe gaben, bei Laune zu bleiben. Gab es da nicht ein altes Seemannslied, in dem irgend etwas mit »frohgemut« vorkam?

Zwei Fliegen mit einer Klappe, dachte Mr. Cartright.

Er langte nach unten, schnappte sich Simons Mehlbaby und versteckte es hinter seinem Rücken, wo Simon es nicht sehen konnte. Erst als er sicher war, daß der Junge ihm seine uneingeschränkte Aufmerksamkeit zugewandt hatte, sagte er: »Ich sag' dir, was dein Vater gepfiffen hat.«

Der Tonfall absoluter Sicherheit, in dem Mr. Cartright dies verkündete, bewirkte, daß Simons Augen sich weiteten.

»Als dein Dad weggegangen ist, hat er ›Setzt Segel, Jungs‹ gepfiffen«, erklärte Mr. Cartright mit äußerster Entschiedenheit. »Das war's, was er gepfiffen hat: ›Setzt Segel, Jungs‹.«

Er wartete nicht erst, bis Simon ihn fragte, woher er das wisse, oder ihn bat, die Melodie zu summen oder sich auf den Text zu besinnen. Er legte einfach Simons Mehlbaby auf das Pult zurück und machte sich davon, quer durch den Raum, so schnell ein Mann von seinem Umfang gehen konnte. Er hielt nicht einmal an, um hier und da zwei Ringkämpfer zu trennen oder Luis zu sagen, er solle nicht an seinem Pultdeckel herumschnitzen.

Er machte nicht halt, bis er am Pult angelangt war.

»So!« brüllte er. »Genug für heute. Mir reicht's. Die Stunde ist gleich zu Ende, also verschwindet, alle miteinander. Geht nach Hause.«

Das beschleunigte das übliche entnervende Spektakel, diesmal jedoch im Rückwärtsgang.

»Aber Sir! Sir! Es hat doch noch gar nicht geklingelt!«

»Geh, Tariq. Geht nach Hause, alle, bevor ich mir's anders überlege.«

Er setzte sich und blickte auf das übliche wilde Durcheinander, das entstand, als sie hinausströmten. Simon war nicht als erster an der Tür, stellte er fest; aber er war auch keineswegs der letzte. Und der bekümmerte Ausdruck auf seinem Gesicht war verschwunden. Sein Gang hatte die alte Energie zurückgewonnen.

Zufrieden begann Mr. Cartright seine eigene Aktentasche zu packen, bereit, sich auf den Heimweg zu machen. Für die 10c war die Stunde nicht schlecht gewesen, dachte er. Nicht schlecht. Wirklich nicht schlecht.

Wider Erwarten und trotz aller Schwierigkeiten war es ihm gelungen, etwas Vernünftiges mit ihnen zu machen.

8

Komm«, sagte Simon, »sing doch!«

»Ich kann nicht.« Simons Mutter drehte sich um, packte Macpherson, der sich an das Mehlbaby heranschlich, und versetzte ihm einen Klaps mit dem Geschirrtuch. »Ich kann nicht singen, das weißt du doch.«

»Ich hab' ja nicht vor, Noten zu verteilen«, versicherte Simon ihr. »Ich will nur den Text hören und die Melodie lernen.«

»Den ganzen Text weiß ich sowieso nicht mehr. Ich glaub' nicht mal, daß ich die Melodie noch zusammenkriege.«

»Komm«, drängte Simon, »probier's mal!«

Also probierte Mrs. Martin es. Sie wischte sich die Hände trocken, lehnte sich gegen das Spülbecken zurück, und während Simon das Mehlbaby in seinen Armen wiegte und damit Macpherson bewußt zu jaulenden Eifersuchtsausbrüchen provozierte, sang sie, so gut sie konnte: *»Setzt Segel, Jungs, laßt mich die Winde finden und stechen in die weiche blaue See ...«*

Sie brach ab.

Simon sah auf.

»Und?« fragte er. »Was ist?«

»Ich hab' vergessen, wie's weitergeht.«

Simon seufzte frustriert.

»Aber das waren doch nur zwei Zeilen. Du hast nur zwei Zeilen gesungen.«

Mrs. Martin warf das Geschirrtuch nach Macpherson, der die Wiegepause nutzte und verstohlen an einer Ecke des Mehlbabys knabberte. »An mehr als zwei Zeilen kann ich mich nicht erinnern.«

»Das ist ja zum Heulen«, sagte Simon.

Er sah so trübsinnig drein, daß er Mrs. Martin leid tat.

»Vielleicht fällt mir der Rest ja wieder ein«, versuchte sie ihn zu trösten.

Doch Simon hatte keine Lust zu warten.

»Ich weiß was«, sagte er. »Wir rufen Sue an.«

Er legte das Mehlbaby auf den Sitz seines Stuhles und ging zum Telefon.

Kopfschüttelnd fragte Mrs. Martin ihren Sohn: »Und wieso sollte Sue den Text wissen?«

Er wagte nicht zu sagen, daß Sue, da sein Vater das Lied gepfiffen hatte, als sie ihn zum letztenmal gesehen hatte, doch ohne weiteres ein paar Bruchstücke davon in ihrem Hirn gespeichert haben konnte.

Er drückte seiner Mutter den Hörer in die Hand.

»Ruf an und frag sie.«

»Jetzt laß doch den Unsinn, Simon«, sagte Mrs. Martin.

Sie beugte sich hinab und nahm Macpherson, der die Gelegenheit ergriffen und versucht hatte, sich hinter ihr vorbei zur Tür zu schleichen, das Mehlbaby aus den Zähnen. »Ich kann doch nicht einfach Sue anrufen und sie bitten, ins Telefon zu singen.«

»Warum denn nicht?«

So direkt gefragt, fiel Mrs. Martin kein vernünftiger

Grund ein. Während Simon also mit einer sauberen Unterhose aus dem Wäschekorb Macphersons Geifer notdürftig von dem Mehlbaby abzuwischen versuchte, wählte sie die Nummer. Sue war zu Hause und schien die Bitte gar nicht so komisch zu finden. Noch ehe Simon seiner Mutter den Hörer vom Ohr reißen konnte, hörte er sie bereits durchs Telefon zwitschern: *»All meine Bürden, all mein Elend sollen schwinden, nie wieder, schwör' ich, trag' ich solches Weh.«*

Dann brach sie ab, genau wie seine Mutter.

»Ich hab' den Refrain vergessen«, sagte sie. »Irgendwas mit Morgenrot und frohgemut.«

Erst der warnende Blick seiner Mutter ließ Simons enttäuschtes Aufheulen in ein dürftiges Dankesgemurmel übergehen. Er gab ihr den Hörer zurück und hieb in seinem Ärger mit der Faust gegen die Küchentür, und als sie aufflog, fühlte er sich verpflichtet hinauszugehen, weil der Blick seiner Mutter noch immer auf ihm ruhte.

In dem gemeinsamen Hof saß Hyacinth Spicer graziös auf einem umgedrehten Eimer und färbte ihre Sandalen grün. Wahrscheinlich kannte Hyacinth das ganze Lied, dachte Simon verdrossen. Hatte es bei den Pfadfinderinnen gelernt, in der Jungschar wieder aufgefrischt und sang es im Chor der Baptistengemeinde. Aber er hätte sich lieber die Zunge abgebissen, als Hyacinth Spicer um einen Gefallen zu bitten. Er hatte sie ohnehin schon im Verdacht, einer von Mr. Cartrights Spionen zu sein: ein guter Amateur, zum Profi aufgerückt. Er wollte gerade ins Haus zurückgehen, als Hyacinth das Thema von sich aus anschnitt.

»Hat da gerade deine Mum gesungen?« fragte sie. Sie tupfte vorsichtig Farbe auf ihren Sandalenriemen und fuhr fort: »Nicht gerade toll, was?«

Simon kam eine Idee. Versuchen konnte man's ja.

»Das Lied ist auch ziemlich schwer zu singen«, sagte er.

Hyacinth sah verwundert auf.

»Nein, ist es nicht.«

»Doch, natürlich«, beharrte Simon. »Besonders der Refrain, der ist echt kompliziert.«

»Nein, ist er nicht.«

Und da ihr Drang zur Prahlerei seit jenem Tag, an dem Miss Ness ihr im Kindergarten den riesigen Alufolienstern von Bethlehem an den Pulli geheftet hatte, noch immer ungebrochen war, warf Hyacinth den Kopf zurück und sang: *»Wir segeln in das Morgenrot, wo neue Möglichkeiten liegen, lebt wohl, ihr Lieben, läutet frohgemut die Glocken. Es mögen andre bleiben, behaglich ihre Babys wiegen –«*

In diesem Moment senkte sie den Blick und merkte, daß Farbe in ihre Sandale tropfte.

»Oh, Sch . . . eibenkleister!«

Simon versuchte, sie so weit zu bringen, daß sie auch das noch sang, was nach dem Ansteigen der Melodie zu schließen die eine letzte, unerreichbare Zeile sein mußte.

»Du hast die Farbe garantiert mit Absicht runtertropfen lassen«, sagte er. »Weil das Ende von dem Lied am schwierigsten zu singen ist.«

Doch Hyacinth Spicer hatte jegliches Interesse verloren. Sie war ganz damit beschäftigt, ihren Schuh zu säubern.

»Schieb ab, Simon«, sagte sie, gerade leise genug, daß beide so tun konnten, als hätte er es nicht gehört.

Simon ging ins Haus zurück. Er schloß behutsam die Tür, so daß Hyacinth Spicer es nicht hörte, und sang seiner Mutter den Refrain vor, soweit er ihn von Hyacinth gelernt hatte. Aber obwohl sie daraufhin – und später am Abend noch mehrmals – behauptete, die letzte Zeile liege ihr schon auf der Zunge, fiel es ihr nicht mehr ein.

Am nächsten Morgen befand sich Simon in einem Geisteszustand, der ihn an die Opfer der Wassertropfenfolter denken ließ.

»Ich werd' noch verrückt«, sagte er beim Frühstück zu seiner Mutter. »Das macht mich wahnsinnig!«

»Geh einfach zu Hyacinth und sei nett zu ihr, dann singt sie dir die letzte Zeile vor.«

Der Blick, mit dem Simon sie bedachte, hätte nicht finsterer sein können.

Mrs. Martin zuckte die Schultern.

»Dann mußt du Mr. Cartright fragen.«

Mr. Cartright fragen! Simon schaufelte sich noch eine Ladung Müsli in den Mund, leckte den Löffel ab und stupste sein Mehlbaby damit.

»Du bist schuld«, sagte er. Und so war es. Wenn sie nicht gewesen wäre, so machte er sich klar, hätte er nie angefangen, sich für seinen Vater zu interessieren und dafür, was vor Jahren passiert war. Ohne diesen dummen, nutzlosen, schlabrigen Mehlsack, wäre er nie in die furchtbare, beschämende Lage geraten, in der er sich jetzt befand – ganz wild darauf, in die Schule zu kommen und etwas zu lernen, wie ein richtiger Streber.

Wieder stupste er das Mehlbaby. Diesmal glitten ein paar Tropfen schmuddeligbrauner Müslimilch von seinem Löffel und rannen ihr die Vorderseite hinab.

»Mach dich auf was gefaßt!« warnte ihn seine Mutter vergnügt. »Schau dir das arme Wurm nur an! Hundesabber, Zahnabdrücke, Müslischmierer. Und das alles in den letzten fünf Minuten.«

»Die ist schon okay«, sagte Simon barsch. Er stupste sie erneut. »Stimmt's?«

Das Mehlbaby widersprach nicht. Doch als Simon sie in seine Tasche schob und dabei näher besah, merkte er, daß sie in einem Zustand war, der den Anforderungen des zweimalwöchentlichen Wiegens wohl kaum genügen würde. Sie war in den letzten Tagen nicht nur unglaublich schmutzig geworden, sie war auch an den Ecken abgewetzt, und unten rieselte Mehl heraus.

Simon warf ihr den Blick zu, der Miss Arnott stets unfehlbar zu ihrem Aspirin greifen ließ. Wie konnte etwas, was nicht einmal laufen konnte, so herunterkommen! Eine schöne Bescherung!

Seine Mutter gab ihm eine Plastiktüte.

»Die nimmst du besser für sie mit«, mahnte sie. »Es ist Regen vorhergesagt.«

Er hätte sie darauf hinweisen können, daß jeglicher Regen das Mehlbaby nur ein wenig sauberer machen oder den Gewichtsverlust ausgleichen konnte. Aber es war ihm, ehrlich gesagt, egal. Er hatte die ganze Sache satt.

Er zwängte die letzten Löffel Müsli in seine ohnehin schon aufgeblähten Backen, gab ein Geräusch von sich, von dem er hoffte, seine Mutter würde großzügig genug sein, es als ein »Auf Wiedersehen« zu deuten, und raffte seine Schulsachen und das Mehlbaby zusammen.

Doch Mrs. Martin hatte sich zwischen ihm und der Tür aufgebaut.

»Auf Wiedersehen, Simon«, sagte sie mit Nachdruck.

Mit noch immer zum Bersten vollem Mund gab er ein Grunzen von sich.

Sie wich nicht von der Stelle.

»Auf Wiedersehen, Simon«, wiederholte sie geduldig.

Das war eindeutig die gelbe Karte.

Er stand da wie ein einfältiger Riese und mühte sich, den gewaltigen Mundvoll Müsli zu kauen und hinunterzuschlucken.

Dann: »Tschüs, Mum.«

Endlich lächelte sie und ließ ihn ziehen. Er spurtete den Weg hinunter und ließ die Gartentür in den Angeln quietschen. Schon komisch, dachte er, daß Eltern, genau wie Lehrer, ihr Genörgel über Lappalien wie Danke- und Aufwiedersehensagen jahrelang durchhielten. Er fragte sich, wie sie das schafften. Er wäre schon nach einer Woche verrückt geworden. Jeden Morgen machte seine Mutter das gleiche Theater von wegen Mund leer essen und anständig Aufwiedersehen sagen. Jeden einzelnen Schulmorgen! Also fünfmal pro Woche, bei neununddreißig Schulwochen pro Jahr. Und das Jahr um Jahr. Wievielmal ergab das insgesamt? Millionenmal, mindestens. Wie schaffte sie es, sich Tag für Tag hinzustellen und das ganze wieder von vorn anzufangen, ohne durchzudrehen und mit einem Schlachtbeil auf ihn loszugehen? Er hätte es bestimmt nicht fertiggebracht, soviel war klar. Er fand zwar, er habe eine Engelsgeduld, aber wenn er sein Mehlbaby mehr als ein dutzendmal daran hätte erinnern müssen, die Hintertür nicht sperrangelweit offenstehen zu lassen, den Warmwasserhahn richtig zuzudrehen und nicht mit vollem Mund zu sprechen, dann hätte er es wie Foster gemacht und sie schon längst in den Kanal gekickt. Vielleicht war sein Vater deshalb gegangen, weil er wie Simon schon sehr bald gemerkt hatte, daß er der Sache nicht gewachsen war. Am Ende der Wilberforce Road angelangt, begann Simon aus unerfindlichen Gründen, laut zu singen.

»*Es mögen andre bleiben, behaglich ihre Babys wiegen . . .*«, schmetterte er aus voller Kehle und bog um die Ecke, wo er über Wayne Driscoll stolperte, der sich im Rinnstein zu schaffen machte.

»Was machst du denn da?« fragte Simon ihn und rappelte sich wieder hoch. Es widerstrebte ihm zu glauben, was er sah, denn Wayne kauerte über einem Kanaldeckel und scharrte Schmutz zusammen, den er zwischen den Fingern durch einen kleinen Riß in sein Mehlbaby rieseln ließ.

Waynes Augenbrauen waren in verbissener Konzentration gerunzelt.

»Halt mal, Sime. Ich krieg den Dreck nicht durch das Loch.« Simon hockte sich in den Rinnstein und nahm Wayne seinen Mehlsack ab.

»Du kannst das Loch ja größer machen«, schlug er vor. Wayne schnaubte.

»Na, toll, Sime! Damit Old Carthorse gleich zwei Gründe hat, mich zur Schnecke zu machen.«

Mit der freien Hand kippte Simon sein eigenes Mehlbaby aus seiner Schultasche.

»Du bist hier nicht der einzige, der Probleme hat«, sagte er. »Meins sieht noch viel schlimmer aus als deins.«

Wayne unterbrach seine Tätigkeit und warf einen Blick auf Simons Mehlbaby.

»Oh, verdammt, Sime! Das sieht ja echt übel aus! Da kannst du dich auf was gefaßt machen.«

»Ach, was«, sagte Simon zuversichtlich. Doch dann, schon nicht mehr ganz so sicher, besah er sein Mehlbaby genauer. Vielleicht hatte Wayne recht. Keine Frage, sein Mehlbaby war übel zugerichtet. Wie war das passiert? Wie war sie nur so schnell so schmutzig geworden? Eben noch war Simon der Star des Projekts gewesen, dem Lehrer, die er kaum kannte, liebevoll zulächelten, wenn sie ihm im Korridor begegneten, und jetzt lief er mit einem schmierigen, undicht gewordenen Mehlsack mit verwischten Augen und angenagten Ecken herum. Was war schiefgelaufen?

»Du hättest Hooper und Phillips nicht erlauben dürfen, sie als Tormarkierung zu benutzen«, meinte Wayne.

Simon verteidigte sich, so gut er konnte.

»Das war nicht das Problem. Aber ich hab' Hyacinth Spicers Katze mit ihr geärgert, deshalb ist sie so zerfleddert.«

»Die Risse sehen nicht halb so schlimm aus wie die angenagten Stellen«, stellte Wayne sachlich fest.

»Das war Macpherson«, sagte Simon düster. »Er hat mein Mehlbaby von Anfang an auf dem Kieker gehabt.«

»Und woher kommen die schwarzen Schmierer?«

»In den Kamin gefallen.«

»Und die verkohlten Stellen da?«

»Da bin ich selber schuld«, gab Simon zu. »Ich hab' sie auf dem Grill liegenlassen, als ich mir Toast gemacht hab'.«

»Und was ist das für ein Zeug, das ihr da am Po klebt?« Simon drehte sie um und inspizierte sie.

»Kleber«, sagte er. »Ein Stück Karamelbonbon. Matsch. Getrockneter Sabber von Macpherson. Hühnersuppe ...«

Simon hätte noch eine ganze Weile so fortfahren können, doch Wayne unterbrach ihn rasch.

»Komm, Sime, wir müssen los.«

Und Wayne zog Simon mit sich fort, in der Gewißheit, daß er bei der Inspektion an diesem Morgen wenigstens nicht am schlechtesten abschneiden würde. Am Kreisverkehr fing Simon an zu erklären, was sein Problem mit dem Mehlbaby war.

»Ich bin einfach nicht der Typ dafür, verstehst du? Am Anfang dachte ich, ich wär's. Aber dann hat sich gezeigt, daß ich's nicht bin. Manche Leute sind eben gut darin, für etwas zu sorgen, andere nicht, und zu denen gehör' ich anscheinend. So ähnlich wie mein Vater.«

Wayne warf ihm einen seltsamen Blick zu, und Simon machte sich klar, daß sein Freund ihn wahrscheinlich zum erstenmal von seinem Vater reden hörte. Trotzdem fuhr er fort: »Der kam auch nicht damit klar, soviel steht fest. Manche Leute können's vielleicht wirklich nicht. Bei denen ist das vielleicht einfach so, und man kann ihnen deswegen keinen Vorwurf machen.«

Wie immer trat er furchtlos in den Strom der Autos, die vor dem Kreisverkehr widerwillig ihre Fahrt verlangsamten.

»Er war einfach nicht der Typ dafür, dazubleiben und sein Baby zu wiegen«, schrie er über den Verkehrslärm hinweg.

Wie immer hastete Wayne in seinem Kielwasser dahin und nickte den Fahrern der Autos, die Simon mit kreischenden Bremsen zum Stehen gebracht hatte, entschuldigend zu.

»Der Typ für was?«

Doch Simon war schon auf der anderen Straßenseite und schritt entschlossen über den Rasen auf die Schulgebäude zu. Ein Letztes gab es noch, das er herausfinden wollte, einen letzten Schlüssel zu dem Geheimnis um das Verschwinden seines Vaters. Etwas, was er noch wissen mußte.

»Miss Arnott! Miss Arnott!«

Sie drehte sich um, sobald sie ihn hörte.

»Ja, Simon, was ist?«

Zu ihrem Erstaunen begann er in seinem vollen, kräftigen und unbefangenen Tenor zu singen, den sie in der Morgenversammlung oft genug gehört hatte, ohne zu wissen, daß er ihm gehörte.

»Setzt Segel, Jungs, laßt mich die Winde finden ...«

»Simon?«

»Und stechen in die weiche blaue See ...«

Wollte er etwa unverschämt werden?

»Ich hab's eilig, Simon«, sagte sie warnend. Doch er hielt mit ihr Schritt und sang herzhaft weiter.

»All meine Bürden, all mein Elend sollen schwinden ...«

»Soll das ein Witz sein, Simon? Oder geht's um eine Wette? Bekommst du Geld dafür?«

»Nie wieder, schwör' ich, trag' ich solches Weh.«

Ungeduldig wandte sie sich ab und bog in den schmaleren Weg ein, der zum Lehrereingang führte. Ohne jede Rücksicht auf die strengen Schulvorschriften und das Schild *Zutritt nur für Lehrkräfte* an dem kleinen Holzpfosten stürmte Simon neben ihr her und sang sich weiter die Seele aus dem Leib.

»Wir segeln in das Morgenrot, wo neue Möglichkeiten liegen, lebt wohl, ihr Lieben ...«

Miss Arnott blieb stehen. Dieses Problem hatte sie mit Simon bisher noch nicht gehabt. Übellaunig und linkisch konnte er sein, das schon. Und manchmal ausgesprochen schwierig. Aber wirklich ungehorsam war er bei allem, was sie mit dem Jungen erlebt hatte, nie gewesen, das mußte man ihm lassen. Was sollte sie tun? Ihn zur Rede stellen? Oder ihn einfach ignorieren? Eins nach dem anderen, dachte Miss Arnott. Schaute jemand her?

Sie blickte auf, dorthin, wo Mr. Cartright, vom Lehrerzimmerfenster eingerahmt, den Rauch seiner letzten heimlichen Zigarette vor dem Unterricht zwischen die Falten des Vorhangs blies.

Er winkte ihr flüchtig zu und schob dann, da er ihre Miene momentaner Unschlüssigkeit als Ausdruck einer flehentlichen Bitte deutete, energisch das Fenster hoch, im Begriff, Simon anzubrüllen, weil er es wagte, den Fuß auf geweihten Boden zu setzen.

»… läutet frohgemut die Glocken«, hörte er Simon in höchster Lautstärke singen.

Frohgemut? Der Liedfetzen erinnerte Mr. Cartright an etwas. Unwillkürlich blickte er mit einer lehrerhaften Mischung aus Freude und Stolz auf Simon hinab. Was frommte alle Psychologie? Der Junge war der lebende Beweis für den guten, altmodischen gesunden Menschenverstand. Man brauchte sich nur anzusehen, wie er sich verändert hatte! An einem Tag lief er herum, als sei er nicht ganz bei Troste, trübselig und in seinen scheußlichen kleinen Mehlsack verliebt. Ein Wort von seinem weisen alten Lehrer aber, und er war wie verwandelt. Wieder normal (für *seine* Verhältnisse natürlich), der einzigen wahren Liebe seines Lebens, der göttlichen Miss Arnott huldigend, mit wohlklingender Stimme und aus vollem Halse.

»Es mögen andre bleiben, behaglich ihre Babys wiegen …«, schallte Simons herrlicher warmer Tenor über das Gelände.

Die Pause, die darauf folgte, dauerte etwas zu lange. Es war, fand Mr. Cartright, ein bißchen wie das Warten auf den Wassertropfen der alten orientalischen Folter.

Schließlich hielt er es nicht länger aus, schob das Fenster noch weiter hoch, beugte sich hinaus und brüllte in dem wunderbaren melodischen Bariton, mit dem er seine Schüler bei Kirchenliedern in den Takt zurückzwang:

»Mein Herz ist wie ein großes Schiff, das nahe Stürme locken.«

Simon fiel erschöpft auf die Knie. Miss Arnott floh. Und hinter ihm kam Wayne angestapft.

»Was hat Old Carthorse da gebrüllt?«

»Mein Herz ist wie ein großes Schiff«, keuchte Simon, *»das nahe Stürme locken.«*

Wayne verzog das Gesicht.

»Und was soll das heißen?«

Simon schaute zu dem Fenster hoch, um Mr. Cartright zu fragen. Aber es war zu spät. Hochzufrieden, ein schönes altes Seemannslied seinem Ende zugeführt zu haben, hatte Mr. Cartright seine Zigarette ausgedrückt, das Fenster wieder zugeschoben und war verschwunden.

Zähe Entschlossenheit war, wie sich auf dem Fußballplatz schon mehr als einmal gezeigt hatte, eine von Waynes hervorstechendsten Eigenschaften.

»Wie kann denn ein Herz ein großes Schiff sein?«

»Wie soll ich das wissen?« gab Simon gereizt zurück. »Wir müssen jemanden fragen.«

»Wen denn?«

Wayne sah sich um. Außer Martin Simon, der den Weg entlanggeschlendert kam und dabei *Die Suche nach dem heiligen Gral* las, war niemand zu sehen.

»Frag den da, den Streber. Der weiß es bestimmt.«

Simons Gesicht hellte sich auf. Ja, Martin Simon wußte es bestimmt. Wer den ganzen Tag herumspazierte und Gedichte las – oft sogar auf französisch –, für den mußte es doch eine Kleinigkeit sein, eine geschraubte Liedzeile in normales Englisch zu übersetzen. Ein Kinderspiel.

Simon stand auf und ging über den Rasen, bis er fast direkt vor Martin Simon stand. Er schob einen Fuß vor und wartete bewußt und in aller Ruhe, bis Martin darüberstolperte und *Die Suche nach dem heiligen Gral* ihm aus der Hand und ins Gras fiel.

»Sorry«, sagte Simon und beugte sich hinunter, um das Buch aufzuheben und Martin zurückzugeben.

»Danke«, sagte Martin etwas argwöhnisch.

Doch Simon fand, daß er mit dem Aufheben des Buches bereits genug getan hatte. Für noch mehr Zartgefühl sah er keine Notwendigkeit.

»Hör mal«, sagte er, »du bist doch ein Streber. Du liest Gedichte. Was bedeutet es, wenn einer sagt, sein Herz ist ein großes Schiff?«

Martin zögerte. Wollten sie ihn auf den Arm nehmen? Andererseits aber lag auf Simons Gesicht ein ernster, entschlossener Ausdruck, so als würde er, wie Sir Galahad in dem Buch, das er ihm gerade zurückgegeben hatte, nach irgend etwas suchen.

»Ein großes Schiff?«

»Ja, ein großes Schiff.«

Das mußte man diesen Schlaumeiern lassen, überlegte Simon, während er auf die Antwort wartete. Wäre jemand zu ihm gekommen und hätte ihm so eine Frage gestellt, hätte er ihm eins auf die Birne gegeben und ihn einfach stehenlassen. Martin aber schien es weder komisch noch beleidigend zu finden, daß man ihm eine Frage stellte, die vielleicht sogar ein Gedicht betraf. Er nahm nur seine Brille ab, putzte sie, während er kurz nachdachte, und fragte dann: »Was hat derjenige denn genau gesagt?«

Zwecklos, wie die Katze um den heißen Brei herumzuschleichen, dachte Simon. Also warf er den Kopf zurück und sang aus vollem Halse: *»Es mögen andre bleiben, behaglich ihre Babys wiegen. Mein Herz ist wie ein großes Schiff, das nahe Stürme locken.«*

Sofort verschwand der verwirrte Ausdruck aus Martins Gesicht.

»Also, das ist ganz offensichtlich eine Metapher«, begann er. »Der Protagonist hat die Analogie des –«

Er brach ab, teils vor Schreck, teils weil Simons plötzlicher Griff um seinen Hals ihm die Luft abdrückte.

»Ich hab' dich nicht gebeten, mir einen Vortrag zu halten«, setzte Simon ihn streng ins Bild. »Ich will nur wissen, was es bedeutet.«

Er nahm die Hand wieder weg und stand wartend da. Martin Simon nahm einen neuen Anlauf.

»Was es bedeutet«, sagte er, »ist, daß der Typ fort muß. Wie ein Schiff, das mit den Winden ziehen muß, wenn es die Segel gesetzt hat, weiß er, daß der Moment kommt, wo seine Natur, also sein Charakter und sein Temperament, ihn zwingen werden fortzugehen, auch wenn er noch so gern bleiben möchte. Er kann einfach nicht anders.«

Simon sah zum Himmel auf. In seinen Augen kribbelte es, und er schluckte schwer.

»Er kann nicht anders?«

Martin erwiderte entschieden: »Nein, unmöglich. Bei solchen Leuten ist das einfach so.«

Da schaltete Wayne sich ein und fragte Martin mißtrauisch: »Und woher willst du das so genau wissen?«

»Das sagt der Text«, erklärte Martin geduldig. »Genau das bedeutet er.«

»Aber woher weißt du das?«

Simon selbst kam Martin zu Hilfe und verwies Wayne nachdrücklich in seine Schranken.

»Hör mal«, sagte er, »du und ich, wir können Fußball

spielen und uns irgendeinen Blödsinn ausdenken, okay? Aber Martin, der ist ein Streber. Von Fußball hat er keinen blassen Schimmer. Der könnte nicht mal ein Gummibärchen in einen Gully schießen. Aber mit sowas wie Liedern und Gedichten kennt er sich aus.«

Er wandte sich wieder Martin zu.

»Hab' ich recht?«

Martin nickte.

»Okay«, sagte Simon. Und dann, da die Erörterung kultureller Stärken und Schwächen sich erschöpft zu haben schien: »Also, vielen Dank.«

Aus einem Impuls heraus streckte er den rechten Arm aus. Einen Moment lang begriff Martin nicht, doch dann erkannte er, daß Simon ihm die Hand geben wollte.

»Schon gut«, sagte er und reagierte, so schnell er konnte. »Jederzeit.«

»Nein«, versicherte Simon ihm. »Ich glaub', das war's schon. Ich glaub', damit ist mein Problem gelöst.«

Und wirklich, so dachte Martin unwillkürlich, war wieder etwas Seltsames, Unirdisches um ihn, eine Art Aura, als hätte er, so wie Sir Galahad, seine Vision des heiligen Grals gehabt und wüßte, daß er finden würde, wonach sein Herz sich sehnte.

9

Miss Arnott kramte in ihrer Tasche nach ihren Aspirin.

»Das ist jetzt das dritte Mal, daß er lauthals singend hier an der Tür vorbeimarschiert.« Sie wandte sich Mr. Spencer zu, der über den Lehrerzimmertisch gebeugt saß und die Bleistiftfüllungen der Viertelnoten in den Liederbüchern ausradierte, um sie in halbe Noten zurückzuverwandeln. »Können Sie ihnen nicht etwas leisere Lieder beibringen?«

Gelassen und ohne den Blick von seinem Rettungswerk zu heben, verteidigte sich Mr. Spencer.

»Bei mir hat er das nicht gelernt. Und außerdem ist es sowieso egal, was man ihnen beibringt. Diese Burschen in der 10c schmettern ein Wiegenlied genauso wie einen Marsch. Ich bin da völlig machtlos. Sie können von Glück sagen, daß der Junge eine schöne Stimme hat.«

Miss Arnott ließ ein zweites Aspirin in ihr Wasserglas fallen.

»Und so etwas nennt sich Freistunde«, murmelte sie verbittert. »Das ist doch nur eine andere Form des Leidens.«

Sie hob den Kopf.

»Ist er das schon wieder? Das halte ich nicht aus! Wieso läuft der Junge nur dauernd den Korridor rauf und runter?«

Mr. Henderson setzte seine Kaffeetasse ab, um es ihr zu sagen.

»Beklagen Sie sich über Simon Martin?« fragte er. »Den hat Dr. Feltham sich geschnappt. Er bringt Nimmo-Smiths mikroprozessorgesteuerte Fußgängerampel an ihren Platz in der Naturwissenschaftsschau. Ausnahmsweise tut der Junge mal nur, was man ihm gesagt hat.«

»Hat man ihm auch gesagt, daß er dabei aus voller Kehle Seemannslieder singen soll?«

»Ich kann ihm ja sagen, er soll die Lautstärke runterdrehen.« Mr. Henderson streckte den Kopf aus der Lehrerzimmertür, aber er kam einen Moment zu spät. Am Ende des Korridors war bereits Mr. Cartright aufgetaucht.

»Simon Martin!« brüllte er und brachte damit den enthusiastischen Tenor abrupt zum Schweigen. »Warum bist du nicht im Klassenzimmer beim Wiegen?«

Simon blieb, mit Oszillographen beladen, stehen.

»Ich helf' Dr. Feltham was tragen«, antwortete er im tugendhaften Ton dessen, der sich unter dem Schutz der Autorität eines mächtigeren Lehrers weiß. »Für die Naturwissenschaftsschau.«

Mr. Cartrights Gesicht verdüsterte sich. Die Naturwissenschaftsschau! Die Naturwissenschaftsschau! Es war noch eine halbe Woche bis dahin, aber er hatte bereits jetzt die Nase gründlich voll davon. Sie brachte den ganzen Lehrplan durcheinander. Warum um alles in der Welt konnte jede andere Schule auf Gottes Erdboden dieses konzessionierte Chaos auf die letzte Woche vor den großen Ferien legen, nur Dr. Feltham nicht? Wirklich, der Mann wurde allmählich größenwahnsinnig.

Alles rebellierte in Mr. Cartright. Noch ehe er sich bremsen konnte, entströmte ein Schwall unlehrerhafter Worte seinen Lippen und schallte mit solcher Macht durch den Korridor, daß Simon ganz schockiert war. Nicht, daß er selbst nicht schon ebenso schlimme Ausdrücke gebraucht hätte. Schlimmere sogar. Und ziemlich häufig. Aber wenn Old Carthorse anfing, vor Wut zu schäumen, und dermaßen vom Leder zog – nun ja!

Simon betrachtete seinen Lehrer mit neuem Respekt.

»Und du!« schloß Mr. Cartright und sah Simon bitterböse an. »Du stellst jetzt den ganzen Kram hierhin und kommst ins Klassenzimmer zum Wiegen.«

»Ja, Sir.«

Simon stellte die Oszillographen und Wisharts Digitalen Sinuswellengenerator auf den Boden und stapfte gehorsam hinter seinem davonschreitenden Lehrer her.

»Schon besser«, murmelte Mr. Cartright. Es war ja schön und gut, dachte er, daß Simon frohgemut war. Aber leider konnte man es wie alles an einer Schule auch etwas zu weit treiben. Seine schlechte Laune hielt an, bis er vor dem Klassenzimmer angelangt war.

»So!« brüllte er, als er durch die Tür trat, gerade rechtzeitig, um Philip Brewster dabei zu erwischen, wie er über Sajids Kinderwagen hinweg Schersprünge übte. »Jetzt reicht's! Ich hab' die Nase voll! Schiebt diesen Blechschwerlaster da in die Ecke, und stellt euch mit euren Mehlsäcken auf. Ich werd' sie einsammeln und Dr. Feltham zurückgeben.«

»Zurückgeben?«

Mr. Cartright mißverstand ihre Überraschung und Besorgnis völlig.

»Jawohl. Zurückgeben. Ich weiß, es ist vier Tage zu früh, aber in der Zeit könnt ihr eure Tagebücher auf den neuesten Stand bringen.«

»Aber . . .«

»Kein Aber!« dröhnte Mr. Cartright. »Nehmt eure Mehlbabys, verstanden, jeder von euch.«

Er stellte sich an die Waage.

»Wer ist der erste?«

Der Totenstille, die auf diese Frage folgte, entnahm er, daß keiner der erste sein wollte.

»Wie steht's mit dir, George?«

Doch George war zu entgeistert, um auch nur den Kopf zu schütteln.

»Henry?«

Henry schaute die anderen an, um dieses offenkundige Versehen aufzuklären. Als Mr. Cartright sah, daß er sich abwandte, fuhr er ungeduldig fort: »Was ist mit Rick? Nicht da? Nein, natürlich nicht. Und du, Russ? Bist du bereit, mir deinen Mehlsack zu geben? Ein letztes Wiegen, dann bist du ihn ein für allemal los. Na, wie wär's?«

Russ hörte auf, Katzenhaare von seinem Mehlbaby zu zupfen, und hob den Kopf. Er merkte nicht, daß inzwischen alle anderen in der Klasse gespannt auf Simon Martin schauten und darauf warteten, daß er, der eines Tages ins Klassenzimmer gepoltert war und die Vorzüge dieses Projekts gerühmt hatte, seine kreidebleiche Lähmung durchbrach und dieses offensichtliche Mißverständnis über die Beendigung des Experiments aufklärte. Russ wandte seine Aufmerksamkeit wieder dem Abzupfen von Katzenhaaren zu und fragte nur: »Und was ist mit der Glorreichen Explosion?«

Mr. Cartright schaute verständnislos drein.

»Mit der Glorreichen was?«

»Der Glorreichen Explosion.« Russ blickte wieder auf. »Simon hat gesagt, am letzten Tag gäb's eine Glorreiche Explosion, und wir dürften dann alle unsere Mehlbabys kaputtkicken.«

»Kaputtkicken?«

Mr. Cartright konnte seine Belustigung kaum verbergen.

»Die Mehlbabys kaputtkicken? Und das habt ihr geglaubt?«

Er blickte in die Runde und sah ihre geknickten Mienen.

»Tatsächlich!« stellte er fest. »Ihr habt es alle geglaubt!«

Er wandte sich Simon zu, dessen Verblüffung langsam einem Gefühl tiefster Verlegenheit wich.

»Du hast ihnen weisgemacht, daß sie am letzten Tag über hundert Pfund gesiebtes weißes Mehl durch die Gegend kicken dürften?«

Simon nickte.

Mr. Cartright breitete die Arme weit aus.

»Hier? In meinem Klassenzimmer?«

Wieder nickte Simon.

Und dann, langsam und seismisch, fing Mr. Cartright an zu glucksen. Als er Halt suchend nach den Seiten des Pultes griff, verstärkte sich das Glucksen. Das Glucksen schwoll zu schallendem Gelächter, das schallende Gelächter zu markerschütterndem Gewieher, das markerschütternde Gewieher zu erdbebenartigen Lachsalven. Tränen der Belustigung strömten ihm aus den Augen. Das Pult wogte und schwankte unter ihm. Die Fenster klirrten in ihren Rahmen, und nebenan bangte Miss Arnott um die Bilder an der Wand.

Mr. Cartright zeigte auf Simon.

»Du ... du ...«

Eine ganze Weile brachte er es nicht heraus.

»Du hast ihnen erzählt, sie dürften hundert Pfund gesiebtes weißes Mehl durch mein Klassenzimmer kicken?«

Er kramte in der Tasche seines Jacketts, zog sein riesiges gepunktetes Taschentuch hervor und wischte sich die tränenden Augen. »Und sie haben's dir geglaubt!«

Noch immer aus vollem Halse lachend, stürzte er vom Pult und landete auf dem Boden. Die Dielenbretter zitterten. Das Pult kippte nach hinten, brach im Fallen das hölzerne, an den Enden stahlbewehrte Tafellineal entzwei, begrub die eine Hälfte unter sich und ließ die andere an die Decke schnellen, wo sie gegen die Zentralbeleuchtung prallte.

Peng!

Die Glorreiche Explosion war da. Ein Glassplitter- und Funkenregen ging auf sie nieder, und ihre Überraschungs- und Entzückenslaute wurden vom Zischen und Spucken altersschwacher elektrischer Leitungen erstickt.

Die Stille, die darauf folgte, war mit Händen zu greifen. Dann: »Seht ihr?« sagte Robin loyal. »Simon hat recht gehabt.«

Und ebenso loyal ging er mit seinem Freund hinaus, um Schaufel und Besen zu holen. Gemeinsam fegten sie die Scherben zu einem säuberlichen Haufen hinter der Tür zusammen und stellten Mr. Cartrights Pult wieder auf die Füße.

Mr. Cartright stellte die Waage darauf.

»So«, sagte er, »jetzt aber Spaß beiseite.«

Er zeigte auf Russ, der ihm am nächsten saß.

»Gib dein Mehlbaby her.«

Da er nicht wußte, was er sonst hätte tun sollen, reichte Russ ihm sein Mehlbaby, und Mr. Cartright legte es auf die Waage.

»Nicht schlecht, Russ. Es hat nur ein kleines bißchen an Gewicht verloren, und abgesehen von den Katzenhaaren sieht es auch ganz passabel aus. Gut gemacht!«

Mr. Cartright ließ das Mehlbaby in den riesigen, besonders strapazierfähigen schwarzen Müllsack fallen, den er zu diesem Zweck in seinem Pult aufbewahrt hatte.

»Eins!« sagte er, und seine Laune hob sich sichtlich.

Er zeigte erneut mit dem Finger.

»Gwyn.«

Gwyn schaute zu Sajid hinüber, der achselzuckend in die Kinderwagenkrippe griff und Gwyns kleinen Mehlsack daraus hervorzog.

»Aber zuerst rechnen wir ab, ja?« sagte er liebenswürdig und hielt Gwyns Mehlbaby mit Bedacht über die verschmierten Spikes von Philip Brewsters umgedrehten Laufschuhen.

Geschäft war schließlich Geschäft.

Mit finsterer Miene versenkte Gwyn die Hände tief in

seinen Hosentaschen und förderte genug Kleingeld zutage, um sein Mehlbaby auszulösen.

»Da«, sagte er mürrisch und gab es Mr. Cartright.

Mr. Cartright legte den Mehlsack ohne viel Umstände auf seine Waage.

»Sehr schön«, sagte er. »Genau richtig!« Und warf ihn vergnügt in den Müllsack.

»Der nächste?«

Sajid beschloß, die Gelegenheit zu nutzen und einige seiner ausdauerndsten Schuldner zu öffentlicher Zahlung zu zwingen, bevor es zu spät war. Er langte in die Kinderwagenkrippe und grub Luis Pereiras Mehlbaby aus. Luis ertrug die Niederlage mit Fassung, bezahlte und brachte den Mehlsack zu Mr. Cartright, der ihn wog.

»Der hier ist etwas schwerer geworden«, sagte er. Dann bemerkte er die Tüte mit den belegten Broten, die Luis' Mutter fürsorglich am Hinterteil des Mehlbabys befestigt hatte. »Das heißt«, verbesserte er sich, nahm die Brote ab und legte den Mehlsack auf die Waage zurück, »er ist gerade noch in der Norm. Gerade noch.«

Schwacher Jubel erhob sich auf diese Erklärung hin. Die allgemeine Enttäuschung hatte inzwischen nachgelassen, und einer nach dem anderen gelangten sie in der 10c zu der Erkenntnis, daß man, wenn man schon nicht die Mehlbabys durch die Gegend kicken durfte, sich damit trösten konnte, Simon als Ersatz zu benutzen. Rings um ihn her hatten seine Klassenkameraden angefangen, seine qualvolle Erstarrung auszunutzen und ihn mit Gezische und höhnischen Bemerkungen zu überschütten.

»Glorreiche Explosion, was, Sime?«

»Wart bloß bis zur Pause!«

»Da lassen wir dich glorreich explodieren!«

Mr. Cartright fuhr fort, Mehlbabys zu wiegen, und versuchte, die Gegenströme von Mißvergnügen und Boshaftigkeit, die ihn umbrandeten, zu ignorieren. Nicht einmal die Verdrossenheit der meisten seiner Schüler konnte verhindern, daß seine eigene Laune sich weiter hob. Während er die einzelnen Namen aufrief und die einzelnen Mehlbabys in den schwarzglänzenden Müllsack fallen ließ und damit den Blicken entzog, merkte er, wie ihm eine Last von der Seele fiel.

»Wer noch?« rief er. »Bill Simmons, hab' ich deins schon? Ja? Dann Wayne.«

Wayne brachte sein Mehlbaby nach vorn.

»Sieht ein bißchen mager aus«, meinte Mr. Cartright kritisch.

Er warf das Mehlbaby auf die Waage. Der kleine Stahlzeiger tat sein Bestes, doch auch nach längerem verzweifeltem Schwanken brachte er es nicht weiter als bis zur Hälfte der Skala. »Drei Pfund und zweihundert Gramm!« rief Mr. Cartright ungläubig. »Nur drei Pfund und zweihundert Gramm! Ist dir klar, daß dein Mehlbaby annähernd die Hälfte seines Körpergewichts verloren hat?«

Wayne machte ein so finsteres Gesicht, daß selbst Mr. Cartright es vorzog, die Angelegenheit auf sich beruhen zu lassen.

Damit war nur noch einer übrig.

»Simon?«

Simon rührte sich nicht.

Mr. Cartright blickte auf.

»Simon?« wiederholte er.

Noch immer saß Simon regungslos da. Er war aschfahl, fand Mr. Cartright. Viel mitgenommener, als es der Ring feindseligen Geflüsters, der ihn umgab, gerechtfertigt hätte. Der Junge war doch der weitaus stärkste in der Klasse. Und ängstlich war er auch nicht. Bei einer Prügelei würde wahrscheinlich die ganze Meute um ihn her zu Boden gehen und übel zugerichtet liegenbleiben. Also warum um alles in der Welt saß er so kreuzunglücklich da? Mr. Cartright musterte ihn neugierig. Konnte es sein, daß er den ganzen Unsinn vom Mehlbabys-Kaputtkicken wirklich geglaubt hatte? War dies das traurige Ende eines glorreichen Traums?

Wirklich, als Lehrer der 10c konnte man den Verstand verlieren, wenn man sich zu viele Gedanken machte, entschied Mr. Cartright.

»Simon!« brüllte er. »Beweg' dich und dein Mehlbaby hierher, auf der Stelle!«

Wie jemand, der sich in tiefer Trance befindet, stand Simon auf, kramte in seiner Schultasche und zog sein Mehlbaby hervor. Wie ein Schlafwandler ging er nach vorn zur Waage. Widerstrebend händigte er Mr. Cartright das Mehlbaby aus.

Mr. Cartrights Blick wurde starr.

»Was ist denn das?«

Simon zwang sich, aus seinen Träumereien aufzutauchen.

»Sir?«

Mr. Cartright stieß mit dem Finger gegen das Mehlbaby. Prompt fiel ihr das Mützchen vom Kopf, und sie sah aus einem einzigen total verschmierten Auge mit einem ausgesprochen schrägen Blick zu ihm auf.

»Was das sein soll.«

Simon schaute verdutzt drein.

»Mein Mehlbaby, Sir.«

Mr. Cartrights Miene verdüsterte sich zu einem Ausdruck äußersten Mißfallens.

»Das ist ja widerlich!« donnerte er. »Ekelerregend! Dieses Mehlbaby ist ja in einem erbärmlichen Zustand! Ein Skandal ist das!«

»Sie ist ein bißchen schmuddelig geworden«, gab Simon zu.

»Ein bißchen schmuddelig?« Mr. Cartright faßte das Mehlbaby an einer Ecke und hob es hoch. »Das ist nicht schmuddelig, das ist schwarz.«

»Nicht direkt schw . . .«

Doch Mr. Cartright ließ ihn gar nicht erst zu Wort kommen.

»Wie kannst du die Frechheit besitzen, mir diese Karikatur, diesen Schandfleck hierher ans Pult zu bringen?« Er drehte das Mehlbaby um. »Und was ist das alles?« dröhnte er. »Brandflecken! Karamelbonbons! Dreck! Kleber! Geifer!«

»Der Geifer ist nicht von mir, Sir«, beeilte sich Simon zu versichern. Er stand gerade im Begriff, seine vorbereitete Anklagerede gegen Macpherson vom Stapel zu lassen, als er merkte, daß es zu spät war. Mr. Cartright hatte den Siedepunkt erreicht. Während alle anderen im Raum sich auf ihren Stühlen zurücklehnten, um Simons Niederlage auszukosten, beugte sich Mr. Cartright über sein Pult und schob sein wütendes Gesicht näher heran.

»Ich hab' mir in diesem Schuljahr ja schon einiges von dir gefallen lassen müssen«, schrie er Simon an. »Ich hab' mir deine miese Laune gefallen lassen müssen, dein Herumgealber in der Morgenversammlung und dein ständiges Hinterherrennen hinter Miss Arnott. Aber wenn du glaubst, ich lass' es mir auch nur eine Sekunde lang gefallen, daß du mir dieses Ding zurückgibst, dieses ... dieses ...«

Er hob schaudernd das Mehlbaby hoch.

»Diesen abscheulichen kleinen Horrorsack ...«

Er hielt das Mehlbaby über den Papierkorb.

»... dann hast du dich getäuscht. Und zwar gründlich.«

Das Mehlbaby zitterte in seinem Griff, während es schlaff und zerzaust über den klebrigen Essensresten hing, die im Laufe des Vormittags auf strengen Befehl hin ausgespuckt worden waren.

Simons Augen weiteten sich in Panik. Mr. Cartright konnte sie doch nicht da hineinfallen lassen! Das konnte er doch nicht tun!

Aber er konnte es, und er tat es.

Blitzartig, in einer jener prompten Reaktionen, die ihm seinen Platz in der Fußballmannschaft sicherten, fing Simon sie auf. Als Mr. Cartright den kleinen Mehlsack losließ und sich verärgert und angewidert abwandte, schossen Simons Hände vor und packten sie. Und einem gleichzeitigen Gedankenblitz folgend, trat er heftig gegen den Papierkorb.

»So!« sagte Mr. Cartright befriedigt, als er das vermeintliche Plumpsen des Mehlbabys in den Papierkorb hörte. »Können wir jetzt vielleicht weiterarbeiten, ja?«

Er nahm einen Kreidestummel und begann, an die Tafel zu kritzeln. Hastig stopfte Simon das Mehlbaby unter seinen Pullover und drehte sich wieder zur Klasse um. Niemand schien sein geschicktes Hand- und Fußmanöver bemerkt zu haben. Um so besser. Sie schauten ihn zwar immer noch alle an, aber als er an seinen Platz zurückstolperte, streckte keiner die Hand aus, um nach dem verräterischen Wulst unter seinem Pullover zu greifen oder hineinzupiken. Für den Augenblick war sie gerettet.

Simon ließ sich auf seinen Stuhl fallen und versuchte, seine Aufmerksamkeit auf Mr. Cartright zu richten.

»Ich schreibe hier Namen auf«, erklärte der streng. »Die Namen von allen, bei denen noch Einträge im Mehlbaby-Tagebuch fehlen. Ob ihr sie noch irgendwo findet oder neu schreibt oder ob ihr sie euch einfach ausdenkt, ist mir egal. Auf jeden Fall hat jeder achtzehn Einträge abzuliefern.«

Es dauerte einige Zeit, bis die komplette Liste an der Tafel stand, was angesichts ihrer Länge nicht weiter verwunderlich war. Während seine Klassenkameraden damit beschäftigt waren, auf ihre Namen zu lauern und damit auf die Gelegenheit zu einem längeren lautstarken Gefeilsche um die genaue Zahl der noch fehlenden Einträge, gelang es Simon, sein Mehlbaby gänzlich unbemerkt unter seinem Pullover hervor und in den sicheren Hafen seines Pultfaches zu schmuggeln.

Mr. Cartright schrieb den letzten Namen – Rick Tullis – fein säuberlich in die linke obere Ecke, weit entfernt von den anderen, da er mit hoher Wahrscheinlichkeit dort stehenbleiben würde.

Dann drehte er sich um.

»Wer fertig ist«, tröstete er sie, »kann in die Bibliothek gehen und Privatstudien betreiben.«

Bei dieser Ankündigung hob sich die grollende Stimmung in der Klasse ein wenig. Einige stießen sogar erfreut die Faust in die Luft. Für die meisten in der 10c war das Wort ›Privatstudien‹ gleichbedeutend mit ›Riesenspaß‹.

Nur George Spalder schien noch nicht zufrieden.

»Aber was ist mit den Schnüfflern?«

»Den Schnüfflern?«

»Ja, Sir. Sie müssen uns noch sagen, wer die Schnüffler waren.«

»Die Schnüffler ...«

Ein unbehagliches Gefühl beschlich Mr. Cartright. Die Schnüffler ... Er nahm Dr. Felthams umfangreiche Anweisungen zur Naturwissenschaftsschau zur Hand und schlug, um sein Gedächtnis aufzufrischen, die Seite mit den Regeln auf. Sein Blick fiel auf jene Regel, die besagte, daß bestimmte Personen – Eltern, Schüler, Lehrkräfte oder sogar Außenstehende – insgeheim über die Mehlbabys wachen würden.

Hätte er da etwa aktiv werden müssen?

Mr. Cartright wandte die Seite um und sah die Zahl in der oberen Ecke: 84. Er blätterte zurück. Seite 81. Ein solcher Fehler sah Dr. Feltham nicht ähnlich. Jemand, der in der Schule herumschwirrte und nicht nur anderer Leute Kopfrechenfehler korrigierte, sondern auch noch darlegte, wie sie zustandegekommen waren, mußte doch wissen, wie man Seiten richtig numerierte. Zählen konnte ja sogar Mr. Cartright.

Behutsam und mit ängstlicher Vorsicht zupfte Mr. Cartright an dem ungewöhnlich dicken Blatt, und was er geahnt hatte, trat ein: Die Seiten 82 und 83 lösten sich voneinander und gaben detaillierte Instruktionen für den Lehrer zur Rekrutierung und Anleitung nicht der Klasse angehörender Beobachter frei.

Mr. Cartright klappte die Anweisungen wieder zu und sagte in bestimmtem Ton zu George: »Über die Schnüffler brauchen wir uns nicht weiter den Kopf zu zerbrechen.«

Doch George war völlig anderer Meinung.

»Aber Sie müssen uns doch sagen, wer sie waren«, beharrte er. »Damit wir sie verdreschen können.«

Zumindest in diesem Punkt schien sich die ganze Klasse einig zu sein.

»Ja! Die Augen auskratzen!«

»Die Visage polieren!«

»Eins auf die Birne geben!«

Mr. Cartright sah sich zu einer List gezwungen.

»Ich hab's«, sagte er. »Ihr macht eine Liste von allen, von denen ihr glaubt, daß sie hinter euch hergeschnüffelt haben, und ich sag' euch dann, ob es stimmt.«

Sie machten sich mit Feuereifer an die Arbeit. Zu Mr. Cartrights Erstaunen mühte sich jeder einzelne von ihnen, eine Liste mit einem Dutzend oder mehr falsch geschriebener Namen aufzustellen, jeder mit einer Flut beleidigender Bemerkungen versehen.

»Die schreib' ich als erste auf, diese neugierige Schreckschraube!«

»In alles muß die ihre Nase stecken! Die hat mich, glaub' ich, nicht eine Sekunde aus den Augen gelassen!«

»›Genug gesehen?‹ hab' ich ihn gefragt. ›Wovon redest du überhaupt?‹ hat er gesagt, aber ich hab's gewußt. Ich hab's gewußt!«

Mr. Cartright schlenderte durch den Raum und nahm mit Erstaunen wahr, daß ihre Listen von Verdächtigen immer länger wurden und ihr Murren immer feindseliger. Es war unglaublich. Das mußte er Dr. Feltham erzählen. Es war reine Zeitverschwendung, echte Schnüffler zu rekrutieren. Ganz offensichtlich brauchte man sie gar nicht.

Als er an Tariq vorbeikam, beklagte sich der Junge gerade gehässig: »Sie haben natürlich behauptet, sie würden sich einfach dafür interessieren. Jeder andere würde es einmischen nennen.«

Bill Simmons letzter Tagebucheintrag lieferte die Bestätigung dafür.

18. Tag

Gottseidank ist heute der letzte Tag. Ich könnte das Herumgeschnüffel und Gemecker auch nicht mehr länger aushalten. Leute mit richtigen Babys müssen ja wirklich ganz schön mit den Nerven fertig sein, wenn schon bei einem Mehlbaby völlig Unbekannte daherkommen und anfangen, einen herumzukommandieren. »Ich würde es nicht da hinsetzen, Junge. Da könnte es schmutzig werden.« »Du solltest lieber nicht blah-blah-blah.« »Solltest du nicht besser blah-blah-blah-blah-bl-«

Mr. Cartright streckte die Hand aus und nahm Bill Simmons' Füller von seinem letzten *blah.*

»Die Platte hat wohl einen Sprung?« fragte er freundlich. »Darf ich dir helfen?«

Er ignorierte Bills giftigen Blick und ging weiter, um Philip Brewsters jüngstes Elaborat zu lesen. Auch hier stand das Thema Schnüffler im Vordergrund.

Was mich bei dem Mehlbaby-Projekt am meisten gestört hat, ist, wie scheinheilig die Leute sind. Sie tun so, als wollten sie nur nett mit einem plaudern, aber in Wirklichkeit wollen sie einem sagen, wie man es besser machen soll. »Ich sag' dir, wie ich das Problem gelöst habe«, sagen sie und lächeln süßlich. Oder: »Das hat bei meinem am besten gewirkt.« Und dann soll man zurücklächeln und so tun, als wäre man so blöd, nicht zu merken, daß sie einen in Wirklichkeit nur anmeckern.

Und Sajid faßte das ganze Thema wie üblich schlüssig zusammen.

Eins kann ich nicht verstehen. Man kann kaum die Zeitung aufschlagen, ohne daß etwas von jemandem drinsteht, der verhaftet worden ist, weil er ein Baby geschlagen hat, und nie ist es das erste Mal. Ich verstehe das einfach nicht. Ich brauchte mein Mehlbaby nur streng anzuschauen, schon stand die ganze Familie Schlange, um die Polizei anzurufen und mich anzuzeigen. Wo leben denn die ganzen Babyschläger? Haben sie keine Familien? Haben sie keine Nachbarn? Haben sie keine Fr-

Sajid hob den Kopf. »Wie schreibt man ›Freunde‹?« fragte er ins Klassenzimmer hinein.

Warum nicht versuchen, ein bißchen gut Wetter zu machen, dachte Simon und beantwortete die Frage.

»F-r-ä-u-n-d-e, glaub' ich. Ich hab's jedenfalls vorhin so geschrieben, und es hat ausgesehen, als wär's ganz okay.«

Pflichtbewußt schlenderte Mr. Cartright durch den Raum, um Simons dürftige Orthographie zu korrigieren. Doch bevor er die Hand ausstreckte, um den letzten Tagebucheintrag mit seinem Rotstift auf Vordermann zu bringen, blieb er noch eine Weile leise hinter Simon stehen und gab sich der Kunst des Dechiffrierens hin.

18. Tag. Aus & Vorbei.
Es hat also alles nicht gestimmt mit der Glorreichen Explosion und daß wir die Mehlbabys am Ende kaputtkicken dürfen. Aber was soll's? Ich wollte sowieso schummeln. Ich wollte meins verstecken und bei irgend jemand anderem mitkicken. Ich bin zwar in der 10c, aber so blöd bin ich auch wieder nicht. Ich habe schon vor Tagen gemerkt, daß ich meinem Mehlbaby nicht weh tun könnte, jedenfalls jetzt nicht mehr, wo ich sie so ins Herz geschlossen habe. (Und vor allem nicht jetzt, wo mich niemand mehr leiden kann und ich keine Fr-

Mr. Cartright beugte sich gerade mit gezücktem Kugelschreiber vor, um den nachfolgenden Vokal zu verbessern, als dieser plötzlich vor seinen Augen verschwand, aufgelöst in einer blauen Minipfütze.

Eine Träne. Kein Zweifel. Und wie alles an dem Jungen war sie riesig. Hastig, bevor noch mehr davon heruntertropfen konnten, wühlte Mr. Cartright in seiner Jackettasche, zog das riesige gepunktete Taschentuch hervor und drückte es Simon in die Hand.

Simon blickte auf den großen verschwommenen blauen Fleck in seinem Heft nieder. Kein Zweifel. Es war eine Träne. Was war los mit ihm? Wenn er das nicht in den Griff bekam, konnten die anderen es merken. Und in der Pause würden sie ihn vernichten.

Dankbar nahm er das angebotene Taschentuch. Und während Mr. Cartright sein kolossales Hinterteil auf Simons Pult hievte und ihn so bewußt gegen die Blicke der anderen abschirmte, versuchte Simon sich zusammenzureißen.

Als Mr. Cartright spürte, wie ihm das feuchte Taschentuch in die Hand zurückgeschoben wurde, wußte er, daß er jetzt unbesorgt vom Pult rutschen und weiterlesen konnte.

Ich fand es wirklich schön, für dieses Mehlbaby zu sorgen, auch wenn ich manchmal die Nase voll von ihr hatte und sie mich den letzten Nerv gekostet hat. Ich fand es schön, wenn sie oben auf dem Schrank saß und auf mich herunterschaute, wenn ich abends im Bett lag. Ich fand es schön, sie zu knuddeln, um Macpherson eifersüchtig zu machen. Gestern abend, als ich sie in meinen Armen gewiegt habe, hat Mum gesagt, daß ich sie an jemanden erinnere. Sie hat nicht gesagt, an wen, und ich brauchte auch gar nicht zu fragen. Aber es war gut zu wissen, daß er mich genauso gewiegt hat, als ich ein Baby war. Vielleicht hat er mich wirklich liebgehabt, auf seine Art.

In der Gemütsbewegung des Augenblicks vergaß Mr. Cartright ganz, daß das Taschentuch schon mehr als einmal in Dienst genommen worden war, zog es erneut hervor, suchte sich eine halbwegs trockene Stelle und schneuzte sich trompetend die Nase. Dann zwang er sich tapfer, zu Ende zu lesen.

Er konnte es eben nur nicht so gut zeigen und ist einfach weggelaufen. Aber ich darf ja gar nichts sagen. Mein Mehlbaby hat am Schluß so schlimm ausgesehen, daß man mir fast den Kopf abgerissen hat. Aber sie hat mir wirklich viel bedeutet. Sehr viel.

Mr. Cartright hielt es nicht mehr aus.

»Du lieber Himmel, Junge«, flüsterte er heiser, »wenn du das Ding so gern hast, dann geh und hol's wieder aus dem Papierkorb raus. Nimm's mit nach Hause.«

Simon schwieg. Aber er wurde puterrot, beugte sich unwillkürlich vor und umfaßte den Pultdeckel.

Langsam und argwöhnisch schob Mr. Cartright Simon ein paar Zentimeter zurück, klappte den Pultdeckel hoch und spähte in das Fach darunter.

Das Mehlbaby spähte aus dem Dunkel ängstlich zurück.

Mr. Cartright ließ den Deckel wieder herab. Er schaute Simon an. Simon schaute ihn an. Dann sagte Mr. Cartright: »Willst du wissen, was dein Problem ist, Simon

Martin? Du traust dir zuwenig zu. Dein Mehlbaby ist zwar eine heruntergekommene, ekelhafte kleine Kreatur, die ganz bestimmt keinen Hygienetest bestehen würde, und wenn sie echt wäre, würde sie auch keinen Wettbewerb für propere Babys gewinnen. Aber wenn es darum geht, einem Wesen, für das man sorgt, Geborgenheit und Nähe zu geben, dann kann ich dir eins sagen: Du wirst einen besseren Vater abgeben als die meisten anderen.«

Dann räusperte er sich geräuschvoll und schritt davon, so schnell er konnte, dem Refugium seines Pultes entgegen.

10

Wild entschlossen, das ganze Mehlbaby-Projekt ein für allemal loszuwerden, ließ Mr. Cartright alle tüchtig arbeiten. Und während der Uhrzeiger unendlich langsam seine Runde drehte, vermischte sich die rechtschaffene Empörung, die die Schüler der 10c jedesmal befiel, wenn man von ihnen verlangte, sich über einen längeren Zeitraum hinweg anzustrengen, mit ihrem Groll gegen Simon, der in ihren Augen zwei furchtbare Fehler begangen hatte: Er hatte das Projekt ausgesucht, und er hatte sich mit der Glorreichen Explosion geirrt.

Der Form halber tat Mr. Cartright so, als sei er taub für das bösartige Gewisper, das ihn umschwirrte.

»Welcher Blödmann sucht schon was mit Babys aus?«

»Wir hätten jedes von den anderen nehmen können, Essen zum Beispiel.«

Um sie abzulenken, nahm Mr. Cartright das Blatt Papier, das Russ Mould gerade mit einem Seufzer der Erleichterung beiseitegeschoben hatte.

»Hier, da ist jemand fertig. Vielleicht inspiriert es die anderen, wenn ich Russ' letzten Eintrag vorlese.«

Er hielt sich das Blatt ein paar Sekunden vor die Augen und versuchte – vergeblich –, es zu entziffern.

»Sie halten's verkehrtrum«, sagte Russ vorwurfsvoll.

Schnell drehte Mr. Cartright die Seite um.

»Ah, ja«, sagte er, »so ist es besser.«

Er blickte von neuem ein paar Sekunden darauf, konzentrierte sich angestrengt und gab es dann unverrichteter Dinge an Russ zurück.

»Ich frage mich, ob du nicht eine Spur zu übereifrig bist«, meinte er liebenswürdig. »Weil du schon so früh versuchst, von der Druck- zur Schreibschrift überzuwechseln.«

Als er weiterging, ertönte das Klingeln und setzte den üblichen Tumult unerlaubten Taschenpackens und scharrenden Stühlerückens in Gang.

»Ihr wartet, bis ich grünes Licht gebe!« brüllte Mr. Cartright.

Der Sturm flaute für ein paar Augenblicke ab.

Mr. Cartright beschloß, sich schon einige Minuten vor dem großen Ansturm ins Lehrerzimmer und zu seiner belebenden Tasse Kaffee zu begeben. Mit einem denkbar finsteren Blick zwang er der ganzen Bande seinen Willen auf und bewegte sich rückwärts zur Tür.

»Okay«, sagte er dann, »ab mit euch.«

Und fort war er, den langen Korridor hinab, noch ehe er die Worte vollends ausgesprochen hatte.

Kaum war die Autorität entschwunden, stürzte sich die Meute auf ihr Opfer.

»Hast wohl gedacht, du kommst ungeschoren davon, was, Sime?«

»Uns so reinzulegen!«

»›Die beste Naturwissenschaft, von der ich je gehört hab'‹, hast du gesagt. ›Genial‹, hast du gesagt!«

Wieder beugte Simon sich unwillkürlich vor und umfaßte seinen Pultdeckel. Und da niemand annahm, daß diese Geste Angst verriet, stürzte sie ihn zum zweitenmal an diesem Vormittag ins Verderben.

»Was hast du denn da drin?«

»Mach auf, Sime!«

»Laß sehen!«

Sie waren zu viele für ihn. Unter der geballten Wucht ihres Ansturms stürzte das Pult um, und der Deckel sprang auf.

Das Mehlbaby schoß heraus und segelte über das Kampfgetümmel hinweg. Sie flog in hohem Bogen über die verwaisten Pulte. Unten verfolgte Simon, über den Boden schliddernd, ihre Flugbahn und schaffte es, sie aufzufangen, wobei Mehl aus allen Poren stob. In diesem Moment kam Mr. Cartright zurück, um seine Zigaretten zu holen.

Er schritt zu seinem Pult und warf einen kurzen, gereizten Blick auf das Durcheinander und die kleine Mehlwolke, die im hinteren Teil des Klassenzimmers niedersank. Doch da er bereits Zeit damit vergeudet hatte, noch einmal zurückzukommen, war er nicht in der Stimmung, noch mehr von seiner kostbaren Pause zu verplempern, um der Wahrheit auf den Grund zu gehen und Gerechtigkeit walten zu lassen.

Er gab Simon die Schuld.

»Montag Nachsitzen!« donnerte er. »Wegen Anstiftung zu wildem Ballspielen im Klassenzimmer.«

Er hob den Pultdeckel ein paar Zentimeter an und zog verstohlen das verräterische Zigarettenpäckchen, das in der Ecke unter einigen Papieren lag, aus seinem Versteck hervor. Und als er merkte, daß alle herauszufinden versuchten, weshalb er zurückgekommen war, packte er mit viel Aufhebens den Müllsack mit den Mehlbabys und schleifte ihn hinter sich her zur Tür hinaus.

Simon schaute ihm nach, empört über die schreiende Ungerechtigkeit der Strafe. Wayne bemerkte Simons momentane Unaufmerksamkeit und hechtete nach dem Mehlbaby. Blitzartig wirbelte Simon herum und warf sie in die Luft, was ihm genug Zeit gab, auf einen Stuhl zu springen, sie wohlbehalten aufzufangen und außer Waynes Reichweite zu halten.

Auf seinem Weg den Korridor hinab vernahm Mr. Cartright den Lärm, machte kehrt und ertappte Simon auf dem Stuhl.

»Dienstag Nachsitzen!« brüllte er. »Wegen Erkletterns von Schuleigentum.«

Wieder wandte er sich zum Gehen.

Simon stand umzingelt und belagert auf dem Stuhl, während der Rest der 10c, erpicht auf die Eroberung seines Mehlbabys, ihm immer mehr auf den Leib rückte. Sollte er hinunterspringen und zur Tür laufen, solange sie noch nicht darauf gefaßt waren? Sie wußten ebensogut wie er, daß Mr. Cartright es hören würde, wenn er in der anderen Richtung den Korridor hinabstürmte, daß er sich augenblicklich umdrehen und ihm noch mehr Nachsitzen aufbrummen würde, wegen Rennens innerhalb des Schulgebäudes.

Und wenn schon! Festgenagelt auf seinem Stuhl, sein Mehlbaby hoch in der Luft, dachte Simon unwillkürlich: Und wenn schon! Es gab Schlimmeres im Leben als drei

Tage hintereinander nachzusitzen. Alles in allem würde es nicht länger dauern als eine von Hyacinth Spicers gräßlichen Geburtstagspartys, und von denen hatte er immerhin sieben überstanden.

Vielleicht sollte er also einfach losspurten. Es darauf ankommen lassen. Was hatte Old Carthorse gesagt? ›*Bist du nicht eine von den Sportskanonen hier?*‹

Also los!

Von einem plötzlichen Hochgefühl beflügelt, setzte Simon alle ringsum in Erstaunen, als er plötzlich zur Tür sprang. Der Lärm war unbeschreiblich. Er hüpfte von Tisch zu Tisch, ließ wacklige Holzbeine wie rasend rütteln und Stühle hintüber stürzen. Das Mehlbaby hielt er hoch, und während des Springens tönten ihm Mr. Cartrights Worte in den Ohren. ›*Willst du wissen, was dein Problem ist, Simon Martin? Du traust dir zuwenig zu.*‹ Er hüpfte von Waynes auf Russ' Tisch, umschwirrt von klappernden Linealen und Kugelschreibern. Er ließ Philip Brewsters Taschenrechner in die Luft schnellen. Luis' Tisch übersprang er ganz, und mit einem letzten, gewaltigen Satz schaffte er es, sich in Sicherheit zu bringen. Draußen auf dem Korridor stieß er die Faust in die Luft. Er fühlte sich so stark wie damals vor vielen Jahren, als ihm Miss Ness den wunderbaren scharlachroten Umhang für das Krippenspiel umgelegt und er gleichsam Trompetenschall vernommen hatte. Wer würde ein schlechter Vater werden? Er bestimmt nicht. Leute wie Robin Foster vielleicht, die würden nicht durchhalten und ihre Verantwortung schnell an den Nagel hängen. Und Leute wie Sue hatten sich gar nicht erst an das Risiko herangewagt. Er aber, Simon Martin, er würde seine Sache gar nicht schlecht machen. Er würde sie besser machen als nicht schlecht. Er würde sie sogar ziemlich gut machen. In einer herrlichen, glorreichen Explosion von Selbstvertrauen hallten Mr. Cartrights Worte machtvoll in ihm wider. ›*Wenn es darum geht, einem Wesen, für das man sorgt, Geborgenheit und Nähe zu geben, dann wirst du einen besseren Vater abgeben als die meisten anderen.*‹

Das Bein, das ihm gestellt wurde, brachte ihn auch zu Fall. Er landete mit einem dumpfen Aufschlag und einem Ächzen auf dem Boden und lag, alle viere von sich gestreckt, nach Luft schnappend da, während das Mehlbaby ihm aus den Händen schoß und meterweit den Korridor entlangschlidderte.

Im Nu verklang der Widerhall und machte der realen Stimme Platz.

»Ah! Simon Martin! Du kommst mir wie gerufen. Mittwoch Nachsitzen natürlich, wegen Rennens auf dem Korridor. Aber da du schon mal da bist, sei doch so gut und bring den Sack hier zu Dr. Felthams Naturwissenschaftsschau, ja?«

Damit klopfte Mr. Cartright auf das beruhigende kleine Päckchen in seiner Jackettasche und enteilte, seinem Kaffee und einer schnellen Zigarette entgegen.

Simon hatte sich gerade mühsam wieder aufgesetzt, als Dr. Feltham mit einem Schwarm von Helfern im Schlepptau um die Ecke bog, beladen mit den Einzelteilen für die hydroelektrische Schaltstation der Hughes-Zwillinge.

»Platz da! Platz da, Platz da, Platz da!« Wie ein Löwenbändiger fauchte Dr. Feltham den Pulk an, der aus dem Klassenzimmer der 10c drängte, um Simon zu verfolgen. »Platz da, Jungs! Platz da, auf der Stelle! Seht ihr denn nicht, daß wir hier teure Apparate transportieren?«

Kaum hatte er die Worte »teure Apparate« ausgesprochen, als er Wisharts Digitalen Sinuswellengenerator auf dem Boden entdeckte, wo Simon ihn auf Anordnung von Mr. Cartright abgestellt hatte.

»Was um alles in der Welt . . .?«

Dann sah er die Oszillographen neben der Heizung stehen.

»Das ist ja ungeheuerlich!«

Dann sah er Simon.

»He! Du da! Der da auf dem Boden herumlungert! He!«

Im Bewußtsein der lähmenden Grenzen gesprochener Sprache ließ Simon einfach nur den Kopf hängen.

»Montag Nachsitzen!« befahl Dr. Feltham.

»Ich bin bis Mittwoch ausgebucht«, teilte Simon ihm mißmutig mit.

»Dann Donnerstag!« schnappte Dr. Feltham. »Und jetzt dalli! Die Apparate hier hätten bereits vor über einer Stunde in den Labors sein müssen.«

Seufzend rappelte Simon sich auf und sah sich nach Hilfe um. Doch die 10c war samt und sonders von der Bildfläche verschwunden. Erbittert und zu Recht mutmaßte Simon, daß sie sich wohlweislich verdrückt hatten, als Dr. Feltham voll in Fahrt gekommen war und angefangen hatte, Strafen auszuteilen. Simon gönnte sich noch einen Augenblick, um seinem Peiniger eine schaurige Grimasse hinterherzuschicken, stopfte dann sein Mehlbaby wieder an seinen sicheren Platz unter seinem Pullover und hob Wisharts Digitalen Sinusgenerator und die Oszillographen auf. Nachdem er die Geräte ein wenig zurechtgeschoben hatte, gelang es ihm, sie so zu tragen, daß er noch ein paar Finger frei hatte. Mit ihnen umfaßte er den Hals des besonders strapazierfähigen Müllsacks und stolperte dann, noch immer die Apparate in den Armen ausbalancierend, langsam, langsam den Korridor hinab.

Hinter der dritten Schwingtür im Naturwissenschaftsbau lauerte Mr. Higham bereits auf ihn.

»Es wird aber auch Zeit!« Er nahm Simon die Oszillographen ab. »Das hätte schon vor über einer Stunde hier sein sollen!«

Er warf einen Blick auf den riesigen Plan zur Naturwissenschaftsschau, den Dr. Feltham an der Wand befestigt hatte.

»Wisharts Dingsda kommt auch hier rein.«

Als er den Digitalen Sinuswellengenerator von Simons Armen hob, bemerkte er die dritte und letzte Last.

»Und was ist in dem Sack?«

»Mehlbabys.«

Wieder warf Mr. Higham einen Blick auf den Plan.

»Mehlbabys ... Mehlbabys ... Ah! Da sind sie ja!« Sein Gesicht verzog sich zu einem Stirnrunzeln. »Etwas früh, was? Aber macht nichts. Bau sie auf Tisch 18 auf.«

Vergebens wartete er darauf, daß Simon sich von der Stelle rührte.

»Los«, wiederholte er ungeduldig, »geh und bau sie auf!«

Simon blickte finster. Er hatte es satt, ständig angeschnauzt zu werden.

»Wie denn?« fragte er mürrisch.

Doch Mr. Higham hatte Wichtigeres zu tun. Gerade wurde Pitkins Elektronische Alarmanlage hereingebracht.

»Um Himmels willen, Junge!« schimpfte er. »Muß man dich noch eigens bei der Hand nehmen? Leg die Dinger einfach so hin, daß sie interessant aussehen und schreib auf ein Schild, um was es sich handelt.«

Also schleifte Simon den Müllsack widerwillig zu Tisch 18, der, wie er mit leisem Ärger feststellte, in der hintersten Ecke versteckt stand. Er nahm die Mehlbabys eins nach dem anderen heraus und legte sie auf den Tisch. Und als er sie so Stück um Stück betrachtete, wurde ihm erstmals bewußt, wie sehr die meisten von ihnen sich in den letzten achtzehn Tagen verändert hatten. Seines war nicht mehr das einzige, das Augen besaß. Mehrere hatten Nasen, Ohren, Münder und sogar Warzen. George Spalders sah aus, als hätte es Masern. Bill Simmons' prunkte mit einer von Bills Spezial-Schmeißfliegentätowierungen. Und Luis' hatte sogar eine Pfeife im Mund.

Jetzt erhob sich die Frage, wie man sie interessant anordnen konnte.

Als erstes zog Simon sein eigenes Mehlbaby unter seinem Pullover hervor und setzte sie in die Mitte des Tisches. Dann gruppierte er die anderen im Kreis um sie herum. Gut.

Er nahm ein Schild von einem Tisch in der Nähe und drehte die unbeschriebene Seite nach oben.

»Königin Mehlbaby und ihre Höflinge« schrieb er darauf und betrachtete es kritisch. Selbst wenn die Leute es

entziffern konnten, würden sie es nicht sehr interessant finden.

Er nahm einen zweiten Anlauf. Diesmal ordnete er die Mehlbabys paarweise an und arrangierte sie so, daß sie an eine Party denken ließen.

Von einem anderen Tisch stahl er ein neues Schild. Er strich die in säuberlichen Druckbuchstaben geschriebenen Worte *Messung der Wellenlänge des Laserlichts* aus, drehte das Schild um und versuchte zu schreiben: *Orgie.*

Nur fünf Buchstaben, und trotzdem hatte er das Gefühl, daß mindestens zwei davon nicht stimmten oder an völlig falscher Stelle standen. Und außerdem sah das ganze nicht nach einer besonders interessanten Party aus. Er versuchte, das Bild etwas zu beleben und brachte die Mehlbabys in interessantere Stellungen. Irgendwie aber schafften sie es, nach wie vor wie achtzehn kleine Mehlsäcke auszusehen, die in wirrem Durcheinander auf dem Tisch lagen.

Simon gab es auf und probierte etwas anderes. Er richtete die Mehlbabys in schnurgeraden Reihen aus und schrieb *Dr. Felthams Streberklasse* auf ein drittes Schild.

Nicht sehr interessant.

Seine nächste Idee war die beste. Er nahm das Schild von Hockings Null-Schwerkraft-Projekt und schrieb auf die Rückseite: *Simon Martins größtes Tor.* Und dann machte er sich daran, den Torschuß mit Hilfe der Mehlbabys und einem Schokoriegelpapier, das er auf dem Fußboden fand und zu einem Fußball zusammenknüllte, zu rekonstruieren.

Zuerst brachte er die vorderen drei Spieler in Position.

Darauf die mittleren vier und schließlich die hinteren drei. Dann stellte er die andere Mannschaft auf. Er hatte an jenem glorreichen Tag tief in der Verteidigung gespielt. Doch als es soweit war, hatte er den Ball in einem überraschenden Spurt über den Flügel gedribbelt und einen Verteidiger nach dem anderen umkurvt. An der Strafraumlinie angelangt, hatte er mit solcher Wucht geschossen, daß der Ball genau in der Torecke landete. Der Torwart hatte ihn gar nicht gesehen, und Simon hatte nicht genug Zeit gehabt, dem unvermeidlichen Zusammenprall mit dem massigen, schielenden Ausputzer der gegnerischen Mannschaft auszuweichen.

In die Erinnerung versunken, spielte er die letzte Szene noch einmal durch und ließ die Mehlbabys vorwärtsjagen.

»Wumm! Wumm! Peng!«

Die beiden Mehlsäcke stießen zusammen, Mehl stob heraus und regnete ringsum herab.

Der Tisch mochte zwar abseits stehen, aber unsichtbar war er nicht. In Windeseile war Mr. Higham herbeigestürmt.

»Mehl! Du machst ja alles voll Mehl! Was ist denn los mit dir, Simon Martin? Warum benimmst du dich denn jetzt vollends wie ein Schwachsinniger?«

Simon ärgerte sich. Schließlich hatte er sich nur redlich bemüht, Befehle auszuführen.

Mr. Higham wirbelte wie ein Rasender im Kreis.

»Da!« schrie er. »Da! Schau dir das ganze Mehl an! Jetzt setzt es sich auf Bernsteins Druckzylinder! Und auf Butterworths Sprachsynthesizer! Dafür gibt's Nachsitzen, Simon Martin!«

»Frühestens Freitag«, beschied ihm Simon in einem vor Ärger eisigen Ton.

»Gut, Freitag. Und glaub' ja nicht, ich komm' nicht nachsehen. Ich werd' . . .«

Mr. Higham brach ab.

»Um Himmels willen! Jetzt weht es in Tugwells Wasserdestillationsgerät!«

Er wandte sich wieder Simon zu.

»Schaff diese Dinger hier raus!«

»Aber . . .«

»Schaff sie raus!«

Mr. Higham war so in Rage, daß Simon lieber nicht widersprach. Hastig schaufelte er alle Mehlbabys, sein eigenes eingeschlossen, in den Müllsack zurück.

»Beeil dich! Tempo! Schaff sie hier raus! Bring sie weg!« Noch immer finster dreinblickend, zog Simon den Müllsack zur Tür.

»Und wo soll ich sie . . .?«

Doch Mr. Higham war nicht in der Stimmung, Simons Problem zu lösen.

»Schaff sie bloß raus! Bring sie weg! Es ist mir egal, wenn du die verdammten Dinger kaputtkickst. Schaff sie nur aus dem Haus! Auf der Stelle!«

Gehorsam schleifte Simon den schweren Sack zur Tür hinaus und an den anderen Labors vorbei den Korridor entlang. Er hatte keine Lust, sich an den Schwingtüren in acht zu nehmen, und der Sack scheuerte über jede der Arretiervorrichtungen auf dem Fußboden. Die Mehlspur, die er hinterließ, wurde mit jedem Schritt breiter und tiefer.

Als Simon am Haupteingang des Naturwissenschaftsbaus angelangt war, traf er Miss Arnott.

»Warum bist du denn nicht in deiner Klasse?« fragte sie. »Es hat doch schon vor ein paar Minuten geklingelt.«

Simon überlegte. Er hätte sagen können, er bringe die Mehlbabys in den Naturwissenschaftsbau, aber da er eindeutig gerade von dort kam, würde Miss Arnott ihm kaum glauben.

Er hätte auch behaupten können, er bringe sie in die 10c zurück, aber sie konnte ihm ohne weiteres nachschauen, bis er durch die Tür war. Und wie in früheren Zeiten die Überbringer schlechter Nachrichten, die zum Lohn für ihre Mühen getötet wurden, bezweifelte Simon, ob es klug sei, Mr. Cartright die Mehlbabys zurückzubringen.

Er konnte auch einfach nichts sagen, wie üblich.

Er sagte nichts, wie üblich.

Miss Arnott klopfte auf ihre Umhängetasche, um sich zu vergewissern, daß ihre Aspirin noch darin waren.

»Tut mir leid, Simon, aber mir bleibt keine andere Wahl. Wenn du dich ohne Grund außerhalb des Klassenzimmers aufhältst, bin ich gezwungen, dich nachsitzen zu lassen.«

»Dann aber erst Montag nächster Woche«, warnte Simon sie. »Bis dahin bin ich restlos ausgebucht.«

»Oh, Simon!« rief Miss Arnott und preßte die Fingerspitzen an die Schläfen, dorthin, wo ihre Kopfschmerzen gewöhnlich anfingen.

»Ist schon okay«, versicherte Simon ihr großmütig. Vor die Wahl gestellt, Erklärungen abgeben oder einmal mehr nachsitzen zu müssen, zog er das Nachsitzen bei weitem vor. Es war einfacher.

»Nächste Woche Montag dann also.«

Simon nickte wie ein unzeitgemäßer Nikolaus, ergriff den Müllsack und zog mit grimmiger Miene ab. Miss Arnott trat zur Seite, um ihn vorbeizulassen.

Und sah die Mehlspur.

»Simon –«

»Ja, Miss Arnott?«

Aber sie war fort, ins Lehrerzimmer geflohen, um Wasser für ihr Aspirin zu holen. Simon betrachtete ihre Fußspuren, die sich den Korridor entlangzogen. Irgend etwas – man mochte es eine Vorahnung nennen oder auch das Zweite Gesicht – sagte ihm, daß Miss Arnott nicht mehr lange bei ihnen sein würde. Die Frau hatte die Dinge immer weniger im Griff, das war offenkundig. Und wenn man als Lehrer eines brauchte, dann war es die Fähigkeit, die Dinge im Griff zu haben. Man brauchte diese Fähigkeit von Viertel nach acht Uhr morgens bis Viertel nach vier Uhr nachmittags. Simon blieb stehen, um die Stunden an den Fingern abzuzählen. Acht. Das klang nach einer ziemlichen Schufterei, aber wenn man es sich überlegte, war es nur ein Drittel des gesamten Tages. Acht mickrige Stunden. Wenn die gute Miss Arnott nicht einmal das schaffte, dann sollte sie besser nicht die Schule verlassen und ein Baby bekommen.

Denn das war wirklich eine Schinderei, dachte Simon. Vierundzwanzigstunden-Schichten. Tag für Tag. Fast zwanzig Jahre lang. Keine Pausen. Keine Ferien. Dagegen waren Hyacinths Partys wie das Zwinkern einer Eintagsfliege. Eltern hatten lebenslänglich. Wenn seine Mutter jemanden mit dem Brotmesser erstochen hätte, anstatt ins

Krankenhaus zu gehen und ein Baby zu bekommen, dann wäre sie jetzt wieder auf freiem Fuß. Bei guter Führung wahrscheinlich schon seit langem.

Simon zerrte sein Mehlbaby aus dem Müllsack hervor und betrachtete es. Je länger man darüber nachdachte, desto erstaunlicher war die ganze Sache. Es war gefährlich, ein Baby zu haben, kein Zweifel. Es behinderte einen. Es legte einem Fesseln an. Es war einem im Weg. Es lockte den Spion und den Nörgler in allen anderen ringsum hervor. Und es ließ das Lehrerdasein wie ein reines Honiglecken erscheinen. Kein Wunder, daß sein Vater das nicht ausgehalten hatte. Wie hatte er überhaupt die tausendacht Stunden geschafft? Das war zweimal so lange, wie Simon für sein Mehlbaby gesorgt hatte. Und seine Mutter erst! Ihre Punktzahl lag bereits in den Hunderttausenden! Sie mußte eine wahre Heldin sein. Sie mußte eine Heilige sein.

»Sie muß gründlich die Nase voll haben von mir«, sagte er zu seinem Mehlbaby.

Aber so war es nicht, und das wußte er auch. Die Worte klangen auch ein bißchen hohl den Korridor hinab. Denn im Grunde seines Herzens wußte Simon, daß sie ihn – einzelne dumme Streiche hin oder her, zum Beispiel als er Tullis' Schäferhund mit Grans Perücke gefüttert oder als er diesen Kaktus nach Hyacinth geworfen hatte – wirklich sehr gern hatte. Das war das Problem.

»So schnappt die Falle zu«, erklärte er dem Mehlbaby. »So erwischt es einen. Man ahnt nichts Böses, und plötzlich ist es zu spät.«

Er machte eine Pause.

»Außer man hat ein Herz, das wie ein großes Schiff ist.«

Ein großes Schiff. Sein Vater ...

Simon ließ sich auf den Müllsack nieder, der sich unter seinem Gewicht wollüstig blähte und ein behagliches Nest um ihn bildete. Er dachte angestrengt nach.

Versuchsweise ließ er die Worte aus dem Mund rollen, und sie erschienen ihm in einem neuen Licht.

»Mein Vater. Mein Vater. Mein Vater.«

Wer? *Wer?*

»Wer?«

Das lebende Echo kam von Robin, der losgeschickt worden war, um ihn aufzuspüren und zu einer Standpauke ins Klassenzimmer zurückzubringen.

»Genau!« sagte Simon. *»Wer?«*

Doch Robin war nicht zum Rätselraten aufgelegt. Er hatte einen Auftrag auszuführen.

»Runter von dem Sack, Sime. Zeit, zum Stützpunkt zurückzukehren. Old Carthorse ist auf hundertachtzig.«

»Verstehst du«, erklärte Simon, ohne überhaupt von ihm Notiz zu nehmen. »Ich weiß nicht, wer er ist. Und er weiß nicht, wer ich bin. Also stimmt es, was Mum und Oma sagen. Daß er weggegangen ist, hat wirklich nichts mit mir zu tun.«

»Komm, Sime! Jetzt mach schon!«

»Ich sag' ja nicht, daß es okay war, was er getan hat«, fuhr Simon fort. »Einfach so davonzusegeln und meine Mum die ganze Zeit allein für mich sorgen zu lassen.« Er stupste das Mehlbaby. »Aber jetzt, wo ich das Ding da drei Wochen lang mit mir rumgeschleppt hab', kann ich verstehen, wie's dazu gekommen ist. Ich sag' nur, daß es mir eigentlich nichts mehr ausmachen sollte. Und es macht mir auch nichts mehr aus.«

»Ja, Sime. Jetzt komm aber, bitte.«

»Ich bin fertig mit ihm, verstehst du«, fuhr Simon unbeirrt fort. »Irgendwie haben wir ja gar nicht erst angefangen. Er hat wirklich nicht das geringste mit mir zu tun. Und es gibt Millionen von Menschen auf der Welt, die nichts mit mir zu tun haben, die mich nicht einmal kennen. Und alle kommen bestens ohne mich aus. Und ich komm' bestens ohne sie aus.«

Doch Robin war mit seiner Geduld am Ende.

»Sime, ich will deinetwegen keinen Ärger kriegen. Ich geh' jetzt zurück. Ich sag' Old Carthorse, ich hab' dich gefunden, aber du willst nicht kommen. Du bist zu beschäftigt damit, auf einem Müllsack zu sitzen und über deine Familie zu schwafeln.«

Es war, als würde Simon ihn überhaupt nicht hören.

»Und mir ist klargeworden, daß mein Vater nur einer mehr auf diesem Planeten ist, der nicht weiß, wer ich bin. Das ist alles. Und wirklich zählen tun nur die Leute, die einen kennen.«

»Ich zähl' jetzt, Sime, bis drei.«

»Meine Mutter zählt. Und Oma. Und Sue.«

»Eins . . .«

»Aber er nicht. Er zählt nicht.«

»Zwei . . .«

»Ich mach' ihm keinen Vorwurf. Aber er zählt nicht.«

»Drei!«

Robin gab die Hoffnung auf, Simon zur Vernunft bringen zu können, und machte sich auf den Rückweg. Und als er an der Biegung des Korridors anlangte, hörte er schwach und von weit hinten noch immer, wie Simon seinem Mehlbaby Vorträge hielt.

»Ich fühl' mich jetzt viel besser. Ich hab' wahrscheinlich gar nicht gewußt, wieviel mir das ganze ausgemacht hat. Aber ich fühl' mich jetzt anders. Ich fühl' mich frei.«

Das Mehlbaby sah ihn aus ihren freundlichen, langbewimperten Augen verständnisvoll an.

»Du begreifst das, nicht wahr?«

Ihr Gesichtsausdruck blieb unverändert.

»Verstehst du?«

Das Mehlbaby blickte ihn teilnahmslos an.

Und langsam, unaufhaltsam, kam Simon wieder zur Vernunft. Was tat er da nur? Er saß in einem Schulkorridor schön gemütlich auf einem Müllsack und plauderte mit einem Mehlklumpen! War er übergeschnappt?

Simon sprang auf wie von der Tarantel gestochen. Von wegen Mehlbaby! Sie war kein Mehlbaby. Sie war ein dummer, lebloser Mehlsack. Sie war nicht einmal eine *Sie.* Sie war ein *Es.* Was war nur mit ihm los? Fast drei Wochen lang hatte er mit einem Mehlsack über sein Leben geredet. Hatte er den Verstand verloren? Das Ding, das er da in den Händen hielt, war Teil eines langweiligen Schulprojekts, mehr nicht. Sie war nicht real. Keins von ihnen war real.

Er packte den Müllsack an den Ecken und kippte ihn schwungvoll aus. Mehlsäcke flogen durch die Gegend. Das war alles, was sie waren. Mehlsäcke! Säcke voll Mehl!

Er hob einen von ihnen auf und warf ihn an die Decke. Er platzte, und allenthalben stäubte Mehl herab. Es kümmerte Simon nicht. Er spürte eine unendliche Erleichterung, so als hätte man ihn unverhofft aus einem Gefängnis entlassen; als wäre er nach einem Schiffbruch verzweifelt im Kreis geschwommen und sähe plötzlich Lichter an Land; als hätten der Arzt, der Pfarrer und der Lehrer ihm gesagt, sie hätten sich geirrt, es sei nur ein Versehen gewesen, und er müsse doch noch nicht Vater werden.

Es war vorbei. Ihm fiel ein Stein vom Herzen. Er warf ein zweites Mehlbaby an die Decke. Und ein drittes. Die Sache war knapp gewesen, sehr knapp. Er hatte sein Mehlbaby wirklich liebgewonnen. Sie hatte ihm wirklich viel bedeutet. Aber sie war nicht real! Und deshalb war er frei! Frei, frei, *frei!*

Das dritte Mehlbaby blieb an der Lampe hängen und zerriß. Berauscht hielt Simon das Gesicht in die Mehlkaskaden, die auf ihn niedergingen, und schleuderte das nächste Baby mit noch größerer Wucht hoch. Was kümmerte es ihn? Hatte Mr. Higham ihm nicht geradezu die Erlaubnis gegeben? *»Es ist mir egal, wenn du die verdammten Dinger kaputtkickst. Schaff sie nur hier raus.«* Und Simon hatte sie hinausgeschafft.

Aber kaputtkicken?

Das war *die* Idee!

Er kickte eines und dann das nächste. Mehl explodierte ringsumher. Es bauschte sich in weißen Wolken, die wie Pilze aus dem Boden schossen, den Korridor entlang. Bei jedem weiteren Mehlsack, den er kickte, verwandelten neue blendend weiße Schwaden den öden Korridor in Schneegestöber, in einen gleißenden Schneesturm – eine herrliche, glorreiche Explosion.

Mehl driftete die Wände hoch und schneite knöcheltief

zu Boden. Wen kümmerte es? Jedenfalls nicht den riesenhaften weißen, mehlkickenden Simon. Wenn er älter war, würde er noch genug Zeit haben, Verantwortung zu tragen. Wenn der richtige Moment gekommen war, würde er alle Zeit der Welt haben, ein guter Vater zu sein.

Aber nicht jetzt. Nicht, solange er noch so jung war. Nicht, solange er Kraft, Schwung und Energie hatte, zu tun, was ihm beliebte, solange alle seine Horizonte leicht und hell waren und weiter, als er es sich vorstellen konnte.

Wumm ... Wumm ... Mehl stob und wirbelte in arktischem Chaos umher, und Simon hob triumphierend die Arme. Er würde nicht den gleichen Fehler machen wie sein Vater. O nein. Er würde sich nicht Jahre zu früh binden und dann vor der bitteren Wahl stehen, sich entweder sein eigenes Leben zurückzuholen oder ein Kind zu verlassen, das Tag für Tag die Wilberforce Road entlangtrottete und im Geiste mit einem gelockten, blauäugigen Vater redete, den es sich ganz allein hatte ausdenken müssen, weil der echte Vater fortgegangen war.

So etwas würde er nie tun. Nie, nie, nie. Er würde warten, bis er soweit war. Er würde aufpassen. Und dann, eines Tages vielleicht, wenn er Lust dazu hatte ...

Wumm ... Wumm ...

Mehl regnete auf ihn herab. Es rann in Rinnsalen und Bächen an ihm hinunter. Es wirbelte um ihn herum. Er war ein Schneemann, ein Yeti, eine wandelnde Lawine. *Wumm ... Wumm ...* All die kleinen Frustrationen der letzten drei Wochen ließ er an den zerfledderten Mehlsäkken aus. »Laß sie nicht da liegen, Sime.« »Sei vorsichtig.« »Kann da auch wirklich nichts passieren?« Hatte sich seine Mum so gefühlt, als sie ihn vor Jahren in den Club mitgeschleppt hatte, um sich eine kümmerliche Stunde pro Woche beim Badminton austoben zu können? Wie hatte er ihr nur vom Balkon herunter so zusetzen können? Wie konnte er nur?

Wumm ... Wumm ... Wumm ... Weitere Säcke platzten und ließen Mehl niedergehen. Seine Mutter war eine Heilige. Er würde ihr Blumen bringen. Er würde Sajid so unter Druck setzen, daß er ihm etwas von seinen unrechtmäßig eingeheimsten Geldern lieh, und er würde seiner Mum ein Dutzend rote Rosen bringen. Sie hatte sie verdient.

Simon tauchte die Arme bis zu den Ellbogen in Mehl, riß die letzten paar Mehlbabys an den Nähten auf und schüttete das Mehl aus. Er war so glücklich, daß nichts ihm etwas anhaben konnte. Sie konnten ihm Nachsitzen aufbrummen, bis sie schwarz wurden. Eine Stunde am Tag? Lächerlich! Er hatte viel Schlimmeres hinter sich!

Er konnte nicht anders. Er mußte laut lossingen.

»Setzt Segel, Jungs, laßt mich die Winde finden und stechen in die weiche blaue See ...«

Die kräftige Stimme tönte durch den Mehlsturm. Er schaufelte Mehl in seine Hände und warf es um sich, Weiß auf Weiß. Oh, glücklicher, glücklicher Simon!

»All meine Bürden, all mein Elend sollen schwinden«, jubilierte er. *»Nie wieder, schwör' ich, trag' ich solches Weh.«*

Das Mehl umwehte ihn wie ein frischer Südwestwind.

»Wir segeln in das Morgenrot, wo neue Möglichkeiten liegen ...«

Lauter und lauter sang er. Er saß nicht in der Falle. Er würde bestraft werden, aber er saß nicht in der Falle. Und es würde noch genug Zeit sein, bis er Verantwortung zu tragen hatte.

»Lebt wohl, ihr Lieben, läutet frohgemut die Glocken.«

Inzwischen waren nicht mehr viele Sackleinwandstücke übrig. Das Mehl zog sich den ganzen Korridor entlang. Schade, daß bei der Naturwissenschaftsschau jetzt nichts von der 10c zu sehen sein würde. Aber das machte nichts. Immerhin hatten sie eine Menge gelernt.

Die unvergleichliche Stimme schwang sich empor.

»Es mögen andre bleiben, behaglich ihre Babys wiegen ...«

Mit einem letzten Tritt ins Mehl machte er sich auf den Weg, den Korridor hinab.

»Mein Herz ist wie ein großes Schiff, das nahe Stürme locken.«

Martin Simon, der einen Gang zur Toilette nutzte, um die letzen Seiten der *Suche nach dem heiligen Gral* zu lesen, hob den Kopf von den Worten, bei denen er gerade angelangt war.

»Hier ist der Quell furchtloser Kühnheit«, wiederholte er unwillkürlich, die Worte leise vor sich hin flüsternd. Denn tatsächlich schien es ihm, als komme ihm eine magische Gestalt entgegen, groß und stark, in ihrer Aura von reinem Weiß wie ein Ritter anmutend – ehrfurchtgebietend und staunenswert.

Martin Simon drückte sich platt gegen die Wand, als Simon Martin singend vorbeischritt.

Und Mr. Cartright, der gereizt den Korridor entlangstapfte, um seinen fahrenden Schüler zu suchen, hörte den herrlichen, glorreichen Tenor von Decke und Wänden widerhallen und wich respektvoll zurück, um die junge Vision in Weiß vorüberziehen zu lassen, so wie ein großes Schiff, hinaus in eine von Fesseln befreite Jugend.

Bitte beachten Sie auch
die folgenden Seiten

Anne Fine im Diogenes Verlag

Die Steinmenagerie

Roman. Aus dem Englischen von Karin Polz

Ally ist zehn und hat dauernd Streit mit seiner gereizten Mutter, ist seinem Vater, der alles für ein »ruhiges Dasein« geben würde, ein Dorn im Auge und muß zu allem Überdruß auch noch jeden Sonntag die unglückliche Tante Chloe mit seinen Eltern im Irrenhaus besuchen. Jeden Sonntag dasselbe – Ally ärgert sich über diese sinnlose Zeitverschwendung. Bis er eines Tages durch ein Fenster des Irrenhauses eine kleine Gestalt erblickt, die in einem geheimnisvoll überwucherten Landstück am andern Ende des Anstaltsgeländes wandelt…

»Ein kleines Buch, aber es steckt eine Menge drin zum Auslegen und Deuten, zum Weiterspinnen – es ist eines dieser großen, sorgfältig gemalten Bilder, bei denen man sich im Detail verlieren kann.«
Rias, Berlin

»Ein trauriges Thema, aber alles andere als ein trauriges Buch. Ein originelles, ergreifendes und unterhaltendes kleines Werk, das Sie sich gönnen sollten – egal, wie alt Sie sind.« *Times Education Supplement, London*

Das Oma-Projekt

Roman. Deutsch von von Barbara Heller

Großmutter soll nicht ins Altersheim – darin sind sich die drei Enkel einig. Mit List und Tücke setzen sie diesen Plan gegen ihre Eltern durch. Doch dann beginnt der Alltag…
Ein spannender Roman, in dem das Thema Zusammenleben von jung und alt unsentimental beschrieben wird.

»In ihrem Jugendbuch *Das Oma-Projekt* greift Anne Fine ein schwieriges Familienproblem auf. Wohin mit Oma, die alt geworden ist? Sie muß bleiben – finden die Enkelkinder. Sie muß ins Heim – sagen die Eltern. Spannungen in der Familie, aber die Jugend setzt ihr Oma-Projekt mit viel Raffinesse letztlich durch. Ein Buch zum Schmunzeln, das aber auch genug Stoff zum Nachdenken bietet über ein Thema, das uns alle angeht.« *Für Sie, Hamburg*

»Das Buch ist von einer temperierten, ja liebevollen Boshaftigkeit, die einen die Figuren sofort ins Herz schließen läßt.« *Radio Bremen*

»Ekel sind gefragt. Sie heißen Alexis, Tante Danièle oder J. R. Ewing. Da liegt Anne Fine mit ihrem Roman *Das Oma-Projekt* also ganz richtig. Ein köstliches Buch voll böser Situationskomik, ausgelöst durch eine skurrile Großmutter, die ihre Familie drangsaliert.«
Die Zeit, Hamburg

Der Neue

Roman. Deutsch von Ursula Kösters-Roth

Es ist Abneigung auf den ersten Blick. Kitty sieht ihn, haßt ihn und nennt ihn fortan nur noch ›Glubschauge‹. Was immer er auch tut, um mit ihr in Kontakt zu kommen, Kitty bleibt ihrer Abneigung treu. Sie läßt welke Efeublätter in sein Glas rieseln, versteckt seine Bücher und beschreibt ihn in ihrem Schulaufsatz unter dem Thema ›Was ich am meisten hasse‹. Kitty nervt, so gut sie kann. Aber ›Glubschauge‹ quittiert alles mit unendlicher Geduld und riesigen Schachteln mit Pfefferminztalern. Nur die andauernde Erwähnung von Simon, seinem Vorgänger, macht ihn allmählich nervös – denn schließlich ist er der neue Liebhaber von Kittys Mutter.

»*Der Neue* ist ein Hit: witzig, geistreich, feinfühlig und warmherzig... Ein wunderschönes Buch.«
The Guardian, London

Mrs. Doubtfire

Das stachelige Kindermädchen

Roman. Deutsch von Ursula Kösters-Roth

Lydia, Christopher und die kleine Nathalie leiden unter den Ehekrächen ihrer Eltern. Auch die Scheidung hat das Familienleben, das nun in zwei Haushalten stattfinden muß, nicht einfacher gemacht. Mutter und Vater nerven sich gegenseitig nach Kräften mit kleinen Biestigkeiten. Die Kinder sind hin- und hergerissen zwischen ihrer beruflich erfolgreichen, gestressten Mutter und ihrem Vater, einem arbeitslosen Schauspieler. Als die Mutter eine Annonce für eine Haushälterin aufgibt, die die Kinder nach der Schule beaufsichtigen soll, wird der Vater der Kinder wütend: Wieso soll eine fremde Person auf seine Kinder aufpassen, obwohl er das liebend gern selbst täte? Da hat er eine Idee: Wozu ist er schließlich Schauspieler... Die bittersüße, rührende, aber vor allem sehr komische Geschichte, über eine zerissene Familie, die aber letztendlich ihren eigenen Weg findet, um mit der neuen Situation zurechtzukommen.

»Anne Fine versteht es glänzend, skurrile Situationen amüsant zu beschreiben.« *FAZ*

»Mit faszinierender Leichtigkeit hat Anne Fine ihren Erzählungen ein Spannungsmoment verliehen, das alle witzigen Details zu einem Ganzen macht – very fine, Anne!« *Die Zeit, Hamburg*

Kuh-Lotto

Geschichte von Anne Fine. Mit Bildern
von Gabriele Kernke. Deutsch von Erica Ruetz

Fräulein Mirabelle ist einfach die tollste Lehrerin, die Lance je hatte. Aber die Direktorin, Frau Spick, findet Fräulein Mirabelle untragbar. Und daß ihr für das bevorstehende Schulfest nichts einfällt, was sie mit ihrer Klasse beitragen könnte, wundert Frau Spick überhaupt nicht! Ein guter Vorwand, um diese unmögliche Person mit ihren Klapperabsätzen und ihren Rüschenröcken endlich loszuwerden. Aber Frau Spick hat ihre Rechnung ohne Lance und seine Kuh Rosa gemacht...

»*Kuh-Lotto* ist eine Geschichte, so originell wie Fräulein Mirabelle. So realitätsnah der Alltag ist, von dem Anne Fine erzählt, mit seinen Freundschaften und Enttäuschungen, dem Ärger und der Lust mit den Lehrern, ist er mit der nötigen Portion Phantastik gemixt, um lustig und aufregend zu sein. Wer die witzigen Persönchen gesehen hat, die Gabriele Kernke zur Illustration gezeichnet hat, und die Kapitelüberschriften gelesen hat, der wird sowieso nicht um's Lesen drumrumkommen.«
Susanne Kippenberger/Der Tagesspiegel, Berlin

Bills neues Kleid

Geschichte von Anne Fine. Mit Bildern
von Gabriele Kernke. Deutsch von Barbara Heller

»Eines Tages stellt Bill fest, daß er ein Mädchen ist und findet sich in einem rosa Kleid wieder. Alle Welt tut, als sei es das Normalste überhaupt – nur Bill wundert sich, daß die Welt für Mädchen so ganz anders ist... Ein amüsantes Buch für Leser jeden Alters und jeden Geschlechts.« *Saarländischer Rundfunk*

»Ein zauberhaft geschriebenes und von Gabriele Kernke illustriertes Kinderbuch.«
Karin Oehmingen/Schweizer Illustrierte, Zürich

»Daß es kleine Unterschiede zwischen den kleinen Unterschieden gibt, haben sich die meisten zwar schon gedacht, aber noch nie so charmant erzählt bekommen. Und schon gar nicht in einem so gekonnt geschriebenen Kinderbuch über Kleider und Hosen und die, die drinnen stecken.«
Ralf Schweikart/Eselsohr, Mainz